お飾り王妃になったので、こっそり働きに出ることにしました

～うさぎ《旦那》と一緒に偽聖女を成敗します!?～

富樫聖夜

B's-LOG BUNKO
ビーズログ文庫

イラスト／まち

Contents

ジークハルト
ルベイラ国王。
表情筋が死んでいるのと、呪いのせいでロイスリーネと夫婦仲を深められずもやもや。
うーちゃん
ロイスリーネが可愛がっているうさぎ。実はジークハルトの呪いをうけた姿。
ロイスリーネ
ロウワンから嫁いできた『お飾り王妃』。昼は『緑葉亭』の看板娘リーネとして働いている。
人物紹介
Character

ロイスリーネの侍女。ロウワン時代からの強い味方。

ジークハルトの従者。ジークハルトの身代わりもこなす。

ルベイラ国魔法使いの長。魔道具オタク。

『解呪』のギフトを持っている聖女。しかし神殿を追放されてしまう。

若くしてファミリア神殿の神殿長に抜擢された大神官。

ルベイラ軍第八部隊に所属する軍人。その正体は、魔法で姿を変えたジークハルトその人。

ジークハルトの幼馴染みで宰相。

『緑葉亭』の女将。実はジークハルト直属の特殊部隊隊長。

タリス公爵令嬢。ロイスリーネとジークハルトをネタに小説を執筆中。

ガイウスが連れてきた『解呪』のギフトを持つ聖女。

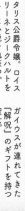

プロローグ　お飾り王妃は働きたい

大陸屈指《くっし》の大国ルベイラ。その王都の一角に、おいしいと評判の食堂がある。

『緑葉亭《りょくようてい》』という名のその食堂の名物は、手ごろな値段の定食に加え、口は悪いが面倒《めんどう》見が良くて情に厚い女将《おかみ》、そしていつも笑顔《えがお》で応じてくれる給仕係《ウェイトレス》だ。

「リーネちゃん、こっち日替《ひが》わり定食三つ頼《たの》むわ」

「はい。日替わり定食三つですね。少々お待ちください」

「リーネちゃーん、勘定《かんじょう》頼むわ」

「今行きます〜！」

「リーネ、五番テーブルのシチュー定食ができあがっているから運んでおくれ」

「はーい、すぐに取りに行きます」

明るい声で応じながらテーブルからテーブルへと忙《いそが》しそうに立ち働いているのは、エプロン姿の若い女性だ。

名前はリーネ。半年ほど前から昼の忙しい間だけウェイトレスとして雇《やと》われている。

顔半分を覆《おお》う眼鏡に、おさげに結《ゆ》われた長い黒髪《くろかみ》。少々地味な外見をしているものの、リーネは朗《ほが》らかで明るく、今ではすっかり『緑葉亭』の看板娘《かんばんむすめ》となっていた。

「いらっしゃいませ！」

「お、今日はリーネちゃんいるのか。よかった、最近休むことが多くて心配していたんだよ」

常連客が店に入ってくるなり顔を綻《ほころ》ばせる。リーネはにっこりと笑った。

「心配おかけしてすみませんでした。知り合いが王都に来ていたので、案内をしたり、仕事を手伝ったりしていたんです」

「ああ、女将から聞いてる。女将とも知り合いだったんだって？」

「はい。リグイラさんが店のことは気にせず手伝ってあげて、って言ってくださったんです」

もちろんこれは嘘《うそ》である。リーネが店を休んでいたのは別の理由があってのことだが、女将が適当にでっちあげた言い訳がこのようなものだったのだ。

「女将らしいけど、店にリーネちゃんがいないのはやっぱり寂《さび》しかったな。店にいるってことは、今日はその知り合いとやらの手伝いはいいのかい？」

「はい。昨日王都を離《はな》れましたから。休んでいた分、今日からバリバリ働くつもりです」

お盆《ぼん》を手に常連客と話をしていると、恰幅《かっぷく》のいい中年の女性がつかつかとやってきて横から口を挟《はさ》んだ。

「働くのは大いに結構だが、店の出入り口で立ち話は他の客の邪魔《じゃま》になるんだよ。リーネ、さっさとテーブルに案内しな」

女性の名前はリグイラ。この『緑葉亭』の女将で、リーネの雇い主《ぬし》のうちの一人だ。このように口は少々悪いが、頼《たよ》りになる人物だ。

「そうですね。ごめんなさい。こちらの席が空いていますので、どうぞ。すぐにお水をお持ちします。注文はいつものように日替わり定食でいいですか？」

「ああ、頼むよ。それにしても女将は相変わらずおっかないなぁ。リーネちゃんが戻《もど》ってきてくれて、本当によかったよ」

小声でしみじみと語る常連客を席に案内すると、リーネは水を取りに厨房《ちゅうぼう》に入り、忙しく立ち働いている小柄《こがら》な中年男性に声をかけた。

「キーツさん、注文入りました。日替わり定食一人前お願いします」

「了解《りょうかい》」

女将の夫で料理人のキーツは、女将とは反対に小柄で痩《や》せていて、しゃべることが不得手なこともありめったに厨房から出てこない。

おかげで常連客からは「幻《まぼろし》」や「厨房の妖精《ようせい》」などと呼ばれて揶揄《やゆ》されている。

——女将とは本当、色々な意味で真逆で、夫婦《ふうふ》であることが不思議なくらいなのよね。

キーツさんって。それでいて二人並んでしっくりくるのだから、夫婦って不思議だわ。

——数十年経《た》てば私たちも、しっくりくるなんて言われることもあるのかしら？

そんなことを考えながら、リーネは客席に戻った。

「はい、ご注文の日替わり定食です。熱々ですから、火傷《やけど》に注意してくださいね」

お盆をテーブルに置き、他のテーブルに移動しようとした時だった。その会話がリーネの耳に飛び込んできたのは。

「でさ、王宮の警備をしている友人が言うには、ターレス国のセイラン王子が、どうやら引きこもり王妃《おうひ》様に懸想《けそう》したらしくて、追《お》い払《はら》うのに大変だったらしいって」

「ターレス国といえばあれだろ？　つい昨日帰国した親善使節団の連中だろ？　妙《みょう》に長い間居座《いすわ》っていたと思ったら、そんなことになっていたのか」

「どうもそうらしい。友人も警備に駆《か》り出《だ》されることになって大変だったたって言っていたよ。まったく、久しぶりに王妃様の話題を耳にしたと思ったら、そんな話ばかりでなぁ。ご懐妊《かいにん》とかめでたい話題だったら、張り切って商品を取りそろえて売るんだが」

「分かる。王族の慶事《けいじ》が続けば俺たち商人も儲《もう》けることができるのに」

話をしているのは、常連ではない二人組の客だ。リーネはその二人を席に案内した際、どこかで見たような気がしたのだが、ようやく思い出した。

——ああ、そうだわ。この二人、だいぶ前にも店に来ていた商人たちだわ。

四ヶ月も前に一度来たきりの客をリーネが覚えていたのにはわけがある。二人が散々王妃のことを話題に出し、挙句に引きこもりなどと言うものだから頭にきたのだ。

どうやら商人たちの中では、相変わらず王妃は引きこもり状態らしい。

――ふふん。情報が古いわね。王妃様はもう引きこもってなどいませんよ。本宮《ほんぐう》に戻って公務も増やし、大国の王妃として少しずつ足場を固めているんですからね！

などと口にしたいのはやまやまだが、そんなことを言うことはできない。リーネにできるのは話を聞かなかったことにするだけ。

「おめでたい話は当分無理だろうな。知ってるか？　王妃様って王宮では『お飾《かざ》り王妃』って言われているらしいぜ」

商人たちの声が大きかったため、その言葉は店にいた多くの客の耳にまで届いた。

「お、おいおい。商人さんたちよ。めったなことを言うな。この店には近くの駐屯所《ちゅうとんじょ》から軍人も多くやってくるんだ。不敬罪で捕《つか》まるぞ」

常連客のうちの一人がリーネをチラチラと窺《うかが》いながら商人たちに声をかける。彼だけではなく、今店にいる常連客のほとんどがリーネの素性《すじょう》を知っているために、気遣《きづか》うような目を向けてくるのだった。

なぜ王妃の話題で常連客がリーネを気遣うのか。――それは実に簡単な理由だ。

リーネの本当の名前はロイスリーネという。正式な名前はロイスリーネ・エラ・ロウワン。エラというミドルネームは王女に与《あた》えられる称号《しょうごう》のようなもので、簡単に訳せばロウワンの王女ロイスリーネという意味である。

その名の通りロウワン国という小国の第二王女で、十ヶ月前にルベイラ王ジークハルトに嫁《とつ》いできた。

そう、商人たちが引きこもりだのお飾りだの話題にしていた王妃というのは、ロイスリーネのことなのだ。

『緑葉亭』で働いている間、ロイスリーネは王妃ではなくリーネになる。彼女にとって王妃である重責やお飾りであるという鬱憤《うっぷん》から解放されるこの時間は、とてつもなく大事なものだ。

――それなのに、セイラン王子のせいでなかなか『緑葉亭』に来られなくて。本当、辛《つら》かったわ。

幸いにしてセイラン王子とターレス国の親善使節団は昨日王都を去った。おかげで気兼《きが》ねなく働くことができて、今日のロイスリーネはとても機嫌がいいのだ。

――だから商人さんたちの言っていることなんて気にならないわ。それに『お飾り王妃』なのは本当のことだしね。

ロイスリーネは自他ともに認める『お飾り王妃』だ。国王の隣《となり》で微笑《ほほえ》んでいるだけが仕事。だからこそ、こうして自由に働きにも出られるのだ。

店の扉《とびら》がガラガラと開いた。新しいお客だ。振《ふ》り返《かえ》ると、常連客でもある軍人のカイン——この国の王、ジークハルトのもう一つの姿が目に飛び込んできた。

「まだ定食間に合うかい？」

ロイスリーネは満面の笑《え》みを浮かべて新たな客を出迎《でむか》えた。

「いらっしゃいませ、カインさん。ええ、もちろん、定食もありますよ！」

明るい声が店内に響《ひび》き渡《わた》る。

ロイスリーネの平穏《へいおん》な、とある日の午後はこうして何事もなく過ぎていった。

第一章　お飾り王妃の平穏な日々はあっけなく終わりを告げる

ロイスリーネはお飾《かざ》りの王妃《おうひ》だった。

小国ロウワンから嫁《とつ》いでだいぶ経《た》つが、未《いま》だに国王ジークハルトとの間に実質的な夫婦《ふうふ》関係はなく、朝食を共にする時と公務の時しか顔を合わせることはない。

忙《いそが》しさを理由に夫、ジークハルトの夜の訪《おとず》れがまったくないことや、独身時代からの恋《こい》人《びと》ミレイのところに夜な夜な通っていることが公然の秘密だったりもするが、ロイスリーネにはそんなこと関係ないのだ。

だってロイスリーネはお飾り王妃だから。

平民のミレイを妃《きさき》にするわけにはいかず、けれど対外的に王妃となる女性は必要だという理由で選ばれた、ただそれだけの相手。

国王の隣《となり》でおっとりと笑っていればいいだけのお人形――。

「……と、思っていた時期が私にもあったわね」

その日の夜、ロイスリーネはうさぎを撫《な》でながら、少し昔のことを思い出して感慨深《かんがいぶか》げに呟《つぶや》いていた。うさぎはロイスリーネの膝《ひざ》の上で丸くなり、気持ち良さそうに目を細めている。

「そもそもロウワンのような小国の、それも『期待外れの姫《ひめ》』であった私を王妃に迎《むか》えたいという話も信じられなかったし。案の定、結婚《けっこん》して早々に離宮《りきゅう》に軟禁《なんきん》されたりしたら、やっぱり利用するために結婚したんだなと普通《ふつう》は思うじゃないの。……まぁ、それは誤解で、私を守るためだったんだけど」

そしてジークハルトは、別にロイスリーネをお飾りの王妃とするために娶《めと》ったわけではなく、真剣《しんけん》な気持ちで自分の伴侶《はんりょ》として選んだのだという。ついでに言えば、恋人であるミレイという女性も本当は存在せず、ジークハルトのとある秘密を守るために作られた架《か》空《くう》の人物だったのだ。

――すっかり騙《だま》されたわよね。……いえ、私が早とちりをして勝手に思い込んでいたんだったわ。でもまさかそれが呪《のろ》いのせいだったなんて夢にも思わないじゃない。

呪い。そう呪いだ。

ルベイラの王家は古《いにしえ》から続いている夜の神の呪いにかかっているのだ。そのため、国王であるジークハルトはその影響《えいきょう》で夜の間まったく動けなくなってしまうのだという。

だが一国の王が呪われているなんて公《おおやけ》にすることはできない。そのためジークハルトと彼の側近たちは、ミレイという存在を作り上げ、恋人である彼女の元へ毎夜通っているということにして、その事実を隠《かく》していたのだ。

残念ながら呪いは継続《けいぞく》中らしく、今もなおミレイの存在は必須《ひっす》であり、おかげでロイスリーネは事情を知らない使用人たちや国民からお飾りの王妃だと思われている。

——仕方ないわよね。だってお飾りなのは事実だし。

もっとも、当のロイスリーネはあまり気にしていない。悲嘆《ひたん》に暮れるような性格ではないし、お飾り上等。なんならルベイラに恩を売って祖国に有利な条件を引き出そうとまで考えていたくらいだ。

——結局、命を狙《ねら》われたり攫《さら》われたりしたことをきっかけに陛下《へいか》の事情を知り、協力することにしたのよね。でも、私は本当に陛下の役に立てているのかしら？

宰相《さいしょう》のカーティスやジークハルトの従者であるエイベルには「十分役に立っておりますよ」と言われているが、実感はない。気休めを言っているだけかもしれないのだ。

——それに今まで私は祝福《ギフト》持ちではないと言われていたのに、ここに来て実はギフト持ちだったとか、そのせいで命を狙われているとか……正直今でも混乱している。でも本当に私にギフトがあるのであれば、私は私を必要だと言ってくれた陛下の役に立ちたい。

夜着のポケットに入れてある手紙のことを意識しながらそんなことを考えていると、手のひらに温かくて柔《やわ》らかな毛の感触《かんしょく》がした。

ハタと我に返ると、顔を起こしたうさぎが手のひらにぐいぐいと頭を押しつけている。どうやら考え込むあまり手を止めていたようで、撫でろと催促《さいそく》しているようだ。

「ごめんね、うーちゃん。つい考え事をしてしまっただけなの」

ロイスリーネはうさぎを抱《だ》き上げて胸に抱《かか》えると、小さな額に何度もキスを落とした。うさぎはくすぐったそうにしながらも、大人しくロイスリーネのキスを受けている。

唇《くちびる》に感じる柔らかな毛を堪能《たんのう》しながらロイスリーネは相好を崩《くず》した。

——ああ、なんて可愛《かわい》いんでしょう！　やっぱりうーちゃんは私の癒《いや》しだわ。

青と灰色の混じったこの小さなうさぎを、ロイスリーネは溺愛《できあい》している。ルベイラに嫁いでから一番辛《つら》かった時期を乗《の》り越《こ》えることができたのは、うさぎの存在あってこそだ。

本来はジークハルトがミレイのいる離宮で飼っているうさぎで、名前は飼い主から取って「ジーク」なのだという。

——皆《みな》は陛下と同じ名前だから陛下って呼んでいるらしいけど、私は呼ばないわ。だって私にとってうーちゃんはうーちゃんだし、ちゃんと返事してくれるもの。

「ねぇ、うーちゃん」

呼びかけるとうさぎの口から「きゅう」という甘えたような鳴き声があがった。ロイスリーネの胸が高鳴る。

――ああ！　もう食べちゃいたいくらいに愛らしい！　いえ、絶対に食べないけど！　一生うさぎ肉は食べないと誓《ちか》っているけれども！

幸運なことに国王であるジークハルトもうさぎ肉が好きではないらしく、食卓《しょくたく》に並んだことはない。王宮内で飼われているうさぎは食用ではなくすべて観賞用だという話だ。

「失礼します、リーネ様。手紙は書き終わりましたか？　そろそろ灯《あか》りを消して就寝《しゅうしん》なさらないと、夜勤の侍女《じじょ》に怪《あや》しまれるかと」

居間に続く扉《とびら》が開き、ロイスリーネの侍女であるエマがランプを片手に寝室に入ってきた。

エマはロウワンにいた時から世話をしてくれているしっかり者の侍女だ。

「手紙なら書き終えているわ。ほら、これ」

ロイスリーネはうさぎを抱えたまま、もう一方の手で夜着のポケットから封《ふう》のされた手紙を取り出す。すると興味を持ったのか、うさぎが首を伸《の》ばして手紙に鼻を近づけると、ふんふんと匂《にお》いを嗅《か》いだ。そんな仕草もとても可愛らしい。

食べ物でも危険物でもないと分かったからなのか、うさぎは匂いを嗅ぐのをやめると、まるで「これは何？」とでも問いかけるようにロイスリーネを見上げた。ロイスリーネは思わず顔を綻《ほころ》ばせる。

「これはね、うーちゃん。ロウワンにいる私の母に宛《あ》てて書いた手紙なの。ターレス国のセイラン王子のことではロウワンにも心配をかけたし……」

つい先日までルベイラに滞在《たいざい》していたターレス国の第三王子セイランは、なぜかロイスリーネと婚約《こんやく》していると思い込んでいた。そこでロウワンにも事実確認の連絡がいったのだ。

「お父様たちはきっと巻き込まれた私のことを心配していると思うの。だから直接大丈夫《だいじょうぶ》だったと知らせたくて。だけど、うーちゃん、実はね。手紙を出す本当の理由は近況《きんきょう》報告だけじゃないの」

「きゅ?」

ロイスリーネの言っていることが分かるのか、うさぎがまるで「どういうこと?」とでも言うように首を傾《かし》げた。その愛らしい仕草にロイスリーネの胸がきゅんきゅんと高鳴る。

――うーちゃんはやっぱり世界一可愛いわ!

「ふふふ、実はね。私の母――お母様に、私のギフトについて教えてほしいって書いたのよ」

「きゅっ⁉」

「ほら、どうやら私にはギフトがあるみたいじゃない? でも私は何も知らない。だけどこのギフトのせいで命を狙われているんだったら、知らないままというわけにはいかないわ」

魔法使《まほうつか》いたちの操《あやつ》る魔法とはまた別の、生まれついて持っている神から授《さず》かったと言われている不思議な力、祝福《ギフト》。「豊穣《ほうじょう》」や「癒し」「浄化《じょうか》」などの特殊《とくしゅ》能力で、人々にさまざまな恩恵《おんけい》を授けてくれる。

ギフト持ちとして生まれてくるのは例外なく女性であることから、彼女たちは「聖女」、あるいは「魔女《まじょ》」と呼ばれている。

ロイスリーネの母親であるロウワンの王妃は『解呪《かいじゅ》』のギフトを持った「魔女」だ。特殊な家系の出身である彼女が産む女児は、ギフトを持って生まれてくる可能性が高いと言われ、現に王妃の産んだ第一王女リンダローネは『豊穣』のギフトを持っている。けれど、第二王女であるロイスリーネはギフトを持っていなかった。それだけではなく、魔力《まりょく》を持っているのに、魔法がまったく使えなかったのだ。

ところがジークハルトが言うには、ロイスリーネにはギフトがあるのだという。『還元《かんげん》』という今までに前例のないギフトが。

最初は信じられなかったロイスリーネだが、「聖女」や「魔女」の存在を断罪しようとする過激な集団クロイツ派に命を狙われたことでその力の片鱗《へんりん》を目撃《もくげき》してしまったのだから、認めないわけにはいかなかった。

『還元』のギフトは「すべてを元に戻してしまう能力」だ。

たとえばロイスリーネを傷つけようと剣《けん》を向けたとする。あるいは魔法で攻撃《こうげき》したとする。ところが、それらの攻撃は彼女に触《ふ》れる前の状態に還元されてただの鉄くず、あるいはただの魔力となり霧散《むさん》してしまう、そんな能力だ。

攻撃だけでなく、魔法で封印《ふういん》されたものも触れるだけで解除できてしまう。しかも、最近分かったことだが、洗脳された人物の意識も元の正気の状態に戻せるようだ。

——本当に、一体なんなのかしらね、このギフトは。

正直、自分では分からないことだらけだ。なおロイスリーネ自身にギフトを使っている感覚はまったくない。つまり制御《せいぎょ》できない状態なのだ。

ギフトを持っているという自覚がないせいで呑気《のんき》に構えていたロイスリーネも、さすがにまずいのではないかと思うようになっていた。

「私のギフトについて一番詳《くわ》しいのはきっとお母様だわ。私にギフトのことを隠すように言《い》い含《ふく》めていたのもどうやらお母様のようだし。その理由についても知りたいのよ」

ジークハルトは六年も前にロイスリーネの母親から彼女のギフトについて聞かされていたのだという。しかもロイスリーネの『還元』のギフトがジークハルトの呪いを解く鍵《かぎ》になるかもしれないということも。

「セイラン王子も帰国して、ようやく落ち着いてきたから、手紙を書く余裕《よゆう》も出てきたの。こんな夜中にこそこそと書く羽目になっているけれど」

今回出す手紙は重要機密が含まれているため誰《だれ》にも見られるわけにはいかなかったので、

女官長や侍女たちが退出した後、鏡台を利用して急いでしたためたものだった。

「エマ、手紙を頼《たの》むわね」

ロイスリーネは手にしていた手紙をエマに差し出す。エマは手紙を受け取りながらしっかりと頷《うなず》いた。

「承知いたしました。必ずリンダローネ様のお手元に届くようにいたします」

二人のやり取りを聞いていたうさぎが再びコテンと首を傾げる。母親宛ての手紙なのに姉のリンダローネの名前がエマの口から出たことを不思議に思ったのかもしれない。ロイスリーネはうさぎの頭を撫でながら説明した。

「私のギフトのことは一部の人しか知らない秘密でしょう？　普通にルベイラ王妃としてロウワンに手紙を送ったら、お母様の手に渡《わた》る前に誰かの目に触れる可能性があるわ。それはまずいから、この手紙はエマに魔法でお姉様のところへ転送してもらうつもりなの」

エマは魔法使いではないが、簡単な魔法なら扱《あつか》える。遠方に何かを送るにはエマの本来の魔力では足りないらしいが、ロイスリーネが『緑葉亭《りょくようてい》』に行く間の身代わりを務めるジェシー人形に込められたリンダローネの魔力を利用すれば可能だ。

――何かあった時のために使えって言われていた家族への連絡《れんらく》方法だけど、今回は利用させてもらおう。お母様宛ての手紙だと知れば、お姉様は中身を見ずに直接お母様に届けてくれるはず。

「そうだわ。陛下にもお母様に連絡を取ることを報告しなくちゃ。お母様からどういう返答が来るか分からないけれど、陛下たちに内緒《ないしょ》で物事を進めるわけにはいかないものね」

同意を求めるようにエマに視線を移すと、彼女も頷いた。

「そうですね。陛下とカーティス様の許可は取っておいた方がいいかと思います」

「明日の朝、陛下と朝食を共にする時に報告するわ。陛下のことだから説明をすればちゃんと分かってくれるし、協力してくれると思うの」

最初こそ、ジークハルトのことを苦々しく思っていたロイスリーネだったが、今はそんなふうに考えてはいない。

彼はとても良い王だし、信頼《しんらい》に値《あたい》する人物だ。大国の王として驕《おご》ることなく、何事に対しても公明正大だ。

先祖代々続く「夜の神の呪い」に屈《くっ》せず、なんとかしようと努力もしている。

――だからこそ、私も陛下に協力したいと思ったのよね。

「私も、陛下はリーネ様が頼めば一も二もなく協力してくださると思います。それがリーネ様の安全を脅《おびや》かさないことであればという条件付きですが」

エマは生真面目《きまじめ》な顔にほんのり笑《え》みを浮《う》かべて意味ありげに呟く。けれどロイスリーネが意味を問いただす間もなくエマはその笑みを綺麗《きれい》に消すと、改まった口調で告げた。

「それでは、手紙は明日陛下に報告した後に送ることに致しましょう。さ、そうと決まればリーネ様、灯りを消しますので、寝《ね》る準備をなさってくださいませ」

エマはサイドテーブルに手にしていたランプを置き、慣れた仕草で天蓋《てんがい》のカーテンを下ろしていく。その間にロイスリーネはうさぎをシーツの上に下ろすと、ガウンを脱《ぬ》いで大きなベッドの真ん中まで移動して横になった。

すぐさまうさぎが枕元《まくらもと》で丸くなる。ロイスリーネがつい手を伸ばして柔らかな毛を撫でているうちに、エマは寝室の灯りをすべて消した。今や唯一《ゆいいつ》の光源はエマがサイドテーブルに置いたランプの灯りのみだ。

「おやすみなさいませ、リーネ様」

「おやすみなさい、エマ。うーちゃん」

薄《うす》いカーテン越しに見える光が遠ざかっていく。ランプを手にしたエマが寝室から出ていくと、辺りは真っ暗になった。心地《ここち》良い静けさの中、ロイスリーネは目を閉じる。

——ああ、平和っていいな。

つい先日まで騒《さわ》がしく、そして悩《なや》ましい日々を送っていただけに、平穏《へいおん》であるということが尊く思える。

——本当、セイラン王子がいる間は落ち着かなくて何もできなかったものね。

でもこれで、元通りの生活に戻れるのだ。

——お母様に手紙も書けた。リリーナ様に『緑葉亭』や周辺の街を案内することもできる。……ええと、他には何をする予定だったかしら？

親善使節団が帰国するまではと保留にしていた事柄《ことがら》を思い浮かべていると、突然天啓《とつぜんてんけい》のようにロイスリーネの脳裏《のうり》に閃《ひらめ》くものがあった。

次の瞬間《しゅんかん》、ロイスリーネはくわっと目を見開きながら叫《さけ》んだ。

「忘れてた！」

枕元にいたうさぎがビクッと飛び起きたのが気配で分かった。

「あ、ごめんね、うーちゃん。驚《おどろ》かせて」

ロイスリーネは手を伸ばすとうさぎを抱き寄せて、宥《なだ》めるように背中を撫でた。

「やらなくちゃいけなかったことを思い出してつい声が出てしまったの。何でもないのよ。驚かせてごめんね」

思い出したのは、ジークハルトに伝えようとしていた言葉があったことだった。

――そうよ。陛下に『国王と王妃としていつか二人で本物の笑顔《えがお》で笑い合えたらいいですね』って言うはずだったのに！　セイラン王子が帰国当日まで朝食の時間に乱入してこようとするものだから、結局伝えることができなかったんだったわ！

ジークハルトは十六歳という若さで大国の王につき、侮《あなど》られないようにと気負うあまり表情が表に出なくなってしまった。

玉座に座る今の彼はほぼ無表情だ。不快感をあらわにすることもなければ、にこりともしない。周辺諸国からは「若いのに威厳《いげん》のある国王だ」と評判だが、他方では冷え冷えとした美貌《びぼう》と相まって「冷酷《れいこく》な国王」だと思われている。

本来のジークハルトは気さくでとても表情豊かな男性だというのに。

一方、ロイスリーネも小国出身の王妃ということで侮る臣下も多い中、隙《すき》を見せないために常に笑顔を浮かべている。ロイスリーネ曰《いわ》く「王妃の微笑《びしょう》」というやつだ。

つまりジークハルトもロイスリーネも互《たが》いに国王と王妃として仮面をかぶっている状態なのだ。

素顔《すがお》を見せるのは、気心が知れた相手の前か、本来の自分ではない自分——カインとリーネに変装した時のみ。その時だけは身分など関係なく、素直《すなお》に自分を出せる。

そういった意味では二人は似た者同士と言えるのかもしれない。

その状態が良くないことはロイスリーネも自覚している。ジークハルトもロイスリーネも、ルベイラ国王と王妃であるという現実から逃《のが》れることはできないのだから。

——だからこそ、陛下に『国王と王妃としていつか二人で本物の笑顔で笑い合えたらいいですね』って伝えるつもりだったのに！　昨日の今日でなんですっかり忘れちゃうのかしら、私ってば！

ロイスリーネは頭を抱えたくなった。

『俺は六年前に一緒《いっしょ》に過ごした女の子に隣にいてほしいと思ったから、結婚を申し込んだんだ。だから俺と一緒にこの先の人生を歩んでほしい』

いつかジークハルトがロイスリーネに言ってくれた言葉が脳裏に甦《よみがえ》る。

お飾り王妃としてではなく、ましてや自分にかけられた呪いを解いてくれる相手だからでもない。あの言葉には、純粋《じゅんすい》にジークハルトがロイスリーネ自身を望んだのだという思いが滲《にじ》み出ていた。

――正直、これが恋《こい》なのかは分からない。カインさんの時に笑顔を向けられたり触れあったりするとドキドキするのは確かだけど……陛下の時は習《なら》い性《しょう》なのか素直になれないし、まだ身構えてしまうこともあるもの。

どうしたらいいか分からず、「お互いを知ることから始めましょう」なんて返答でお茶を濁《にご》してしまったが、本音を言えばロイスリーネはあの言葉がとても嬉《うれ》しかったのだ。

嬉しかったのに、そんな気持ちすらもロイスリーネはジークハルトに伝えていない。彼の想《おも》いに応えていない。だからこそ『国王と王妃として笑い合いたい』とロイスリーネの口から伝えることに重要な意味があるのだ。

――よし、明日こそ伝えよう！　お母様への手紙のことを伝えて、それから私の気持ちを伝えよう。

ロイスリーネは心の中でそう決心すると、うさぎを抱えたまま目を閉じる。

「さ、今度こそ寝ましょうね、うーちゃん」

どれほど悩んでいようが基本的に寝つきのいいロイスリーネは、目をつぶってほどなくして意識が遠くなっていくのを感じた。

「おやすみ……うーちゃん……」

心地良い闇《やみ》のベールに包まれていきながら、ロイスリーネは「一体なんだったんだ……？」という困惑《こんわく》したような男の声を聞いたような気がしたが、やはりそれは気のせいだったのかもしれない。

ルベイラ国王ジークハルトは上機嫌《じょうきげん》だった。

ターレス国側との話し合いが決着し、ようやく第三王子セイランと親善使節団が帰国したからだ。

久しぶりに穏《おだ》やかな朝が迎えられることを喜んでいると、廊下《ろうか》を複数の人間が移動してくる足音が耳に届いた。どうやら待ち人が来たようだ。

扉の前で待機していた従者のエイベルに目線で命じると、彼は恭《うやうや》しい様子でその人物を迎え入れるために扉を開けた。

「おはようございます、陛下」

開け放たれた扉から微笑を浮かべた王妃のロイスリーネが入ってくる。続いてエマをはじめとした侍女や女官たち、それに護衛兵が連れだってダイニングルームに現われた。

「おはよう、ロイスリーネ。昨夜は行けなくてすまなかった」

ジークハルトはいつもの挨拶《あいさつ》を口にしながら立ち上がる。テーブルまでエスコートをするためだ。

長い足を活《い》かしてものの数秒でロイスリーネに近づきその手を取ると、彼女は大人しく身を預けてくる。

ゆっくりとした歩幅《ほはば》でロイスリーネを席まで導きながら、ジークハルトは彼女が浮かべている見せかけの笑みをちらりと横目で見下ろした。

ロイスリーネが「王妃」として皆の前に出る時によく浮かべている笑顔。それはロイスリーネをよく知らない者が見れば慈愛《じあい》や親しみのこもった笑顔に見えるだろう。

実際、いつも微笑《ほほえ》んでいるロイスリーネを見て、大人しくて控《ひか》えめな女性だと思い込んでいる人間は多い。

でもそれはロイスリーネの心からのものではなく、偽物《にせもの》の笑みだ。ジークハルトやエマのようにロイスリーネをよく知っている人間からすれば、笑顔の仮面を被っているだけにすぎないことはすぐに見て取れる。

元来、ロイスリーネはとても表情が豊かで、しかも感情が表に出やすい女性だ。そんなロイスリーネに取ってつけたような笑みを浮かべさせている現状を、ジークハルトは申し訳なく思っていた。

――嫁いできたロイスリーネの命を守ることを優先するあまり、しっかり彼女と向き合う時間を取らなかった……。これから先いくらでも機会はあると自分に言い訳をして逃《に》げていた。

それが最大の悪手《あくしゅ》であったと今では痛感している。

――だからだろうか。カインとしてロイスリーネに近づいたのは。カインだとロイスリーネは本物の笑顔を向けてくれるから……。

結果的にそれが良かったのか悪かったのか、今となっては判断に悩むところだ。

良かった点は、カインの正体を知ってもなおロイスリーネは態度を変えずに本物の笑顔を向けてくれること。

悪かった点は、カインの時は笑ってくれていてもジークハルトを相手にする時は、作り笑いしか向けてくれないことだ。

――エイベルは俺の自業自得《じごうじとく》だと言う。……きっとそうなのだろうな。

内心でため息をついていると、あっという間にテーブルにたどり着いてしまい、ジークハルトはしぶしぶとロイスリーネの手を放した。

二人が着席したのを見計らったように、代表して女官長が口を開く。

「陛下、王妃陛下、私たちはこれで。またのちほどお迎えに上がります」

「ああ、ご苦労様」

ジークハルトが労《ねぎら》いの言葉をかけると、女官長はエマを除く侍女や他の女官たち、それに護衛兵たちを引き連れてダイニングルームから出ていった。

給仕係もすぐに部屋を出ていくので、室内にはジークハルトとロイスリーネ、それにエマとエイベルだけになる。

気心の知れた……というよりロイスリーネの素顔を知っている相手しかいないからだろう、とたんに彼女は貼《は》りつけたような笑顔を消し、困ったように眉《まゆ》を寄せた。

「陛下、いつも思うのですが、食事にエスコートは必要ですか？　こんな短い距離《きょり》なのに」

「そういう決まりだからな」

実はそんな決まりはないが、ジークハルトとして堂々とロイスリーネに触れることができる機会なので、変えるつもりはない。

「すまないが諦《あきら》めてくれ」

しれっと答えながらも、ジークハルトは内心喜んでいた。

最近、ジークハルトの時にも、ロイスリーネは彼女曰く「王妃の微笑」を外すことが多くなってきている。本物の笑顔こそまだ向けてもらえないが、取り繕《とつくろ》わなくなっているということは、気を許してくれているのではないだろうか。

色々と事情があって結婚のことは半ば強引《ごういん》に進めてしまったが、ロイスリーネの気持ちまで無理強《むりじ》いするつもりはなかった。

――焦《あせ》る必要はない。こうして少しずつロイスリーネの心に近づいていければいい。

「まぁ、いいですけど……」

納得《なっとく》できないような顔をしたが、ロイスリーネはすぐに諦めたらしい。小さな声で呟くのが聞こえた。そんなボヤキですら、ジークハルトには嬉しい変化だ。

――完璧《かんぺき》な王妃になる必要はない。ロイスリーネはロイスリーネらしく在《あ》ればいいんだ。

……悲しいかな。それをきちんとジークハルトの時に口にすればロイスリーネの心証も良くなるだろうに、感情を抑《おさ》える癖《くせ》がついていて気持ちを吐露《とろ》することは難しかった。

その後、朝食を運んでくる給仕係の前ではしっかり「王妃の微笑」を浮かべていたロイスリーネだったが、ふと何かに気づいたように口を開いた。

「そういえば、こうして静かに朝食を取るのも久しぶりですね」

「……ああ、そうだな。つい先日までは朝食の時にもセイラン王子が押しかけて、扉の外で大騒ぎになっていたからな」

表情こそ変わらなかったが、苦々しい口調がジークハルトの気持ちを雄弁《ゆうべん》に物語っている。

——まったく、セイラン王子にも困ったものだ。何かというとロイスリーネに近づこうとして。もう二度と会えなくなる前に思いを伝えたいという気持ちは同じ男として分からなくはないが、ロイスリーネは他国の王妃だぞ？

下手をすれば国王であるジークハルトやルベイラ側の不興を買い、両国の関係にまで影響が出ていたかもしれない。

——とても王族の自覚があるとは思えないな。そんなだから簡単にクロイツ派に洗脳されて一生を棒に振ることになるんだ。

セイラン王子は国に戻れば療養《りょうよう》という名目で地方の屋敷《やしき》に幽閉《ゆうへい》されることが決まっている。彼の世話役兼監視《けんかんし》役はトレイス侯爵《こうしゃく》だ。

これはトレイス侯爵への処罰《しょばつ》の意味合いもあった。

トレイス侯爵は被害者《ひがいしゃ》でもあるが、自分の雇《やと》った執事《しつじ》のジェイドがクロイツ派の幹部「シグマ」であったこと、そしてシグマがやろうとしていることを見抜《みぬ》けずセイラン王子に近づけてしまったことへの責任があった。

そのため、ルベイラとも協議し、トレイス侯爵への処罰は伯爵《はくしゃく》への降爵《こうしゃく》と領地の一部を国へ返納させること、そして領地で蟄居《ちっきょ》してセイラン王子を生涯《しょうがい》にわたって世話をすることと決まったのだ。

処分としては甘いが、ターレス国としても王族や国の中枢《ちゅうすう》にいる貴族の何人かが洗脳されていたという事実を大っぴらにはしたくないとのことで、穏便《おんびん》な形に落ち着いた。

近いうちにターレス国から国内外に向けて『セイラン王子はルベイラ国の王と王妃へ無礼な振る舞いを行い、両国の友好関係を危《あや》うくした。トレイス侯爵は教育係でもあったのにセイラン王子の振る舞いを止められなかった』といった表向きの処分の理由が公表されるだろう。

何も知らない国民は、その処分内容や理由を納得して受け入れるに違《ちが》いない。

だが、問題のあるセイラン王子を親善使節団としてルベイラに送り込んだ国王や重臣への非難の声までは避《さ》けられない。洗脳やクロイツ派が関わっていたことを公表できない国王たちは、それを甘んじて受けるしかないのだ。

——それが今後国政にどう響《ひび》くのか……。

何にせよ、後のことはターレス国の問題だ。ジークハルトの関与するところではないし、他国のことに干渉《かんしょう》している暇《ひま》もない。考えなければならないこと、やらなければならないことは多いのだ。

ジークハルトの一番の懸念《けねん》と疑問はクロイツ派の目的だ。

——やっぱり何度考えても分からない。シグマは何の目的があってルベイラにやってきたのか。

シグマがセイラン王子とその側近たちを洗脳した理由はなんとなく推測できる。五年前に起きたコールス国の婚約破棄《はき》事件の時のように、セイラン王子と側近たちを使って国を乗っ取ろうとしていたのだろう。

その企《たくら》みはある意味成功しつつあった。トカラの実から抽出《ちゅうしゅつ》される洗脳薬によって国の重要な地位にいた貴族の何人かがシグマの操り人形になっていたのだ。

あのままいけばターレス国はクロイツ派に乗っ取られていたはずだ。

──なのに、シグマはその計画を突然放棄《ほうき》し、それどころか放棄した計画を利用してセイラン王子と自分をルベイラに行けるように仕向けた。けれどルベイラに来てから、シグマは何も行動を起こしていない。

以前ルベイラに潜《ひそ》んでいたクロイツ派の幹部、デルタとラムダは執拗《しつよう》にロイスリーネの命を狙った。夜の神にその命を生贄《いけにえ》として捧《ささ》げるために。

けれどシグマはロイスリーネを狙うことなく、セイラン王子とその恋人のララを使ってこちらを混乱させていただけだ。やろうと思えばいくらでもロイスリーネを狙える機会はあったはずなのに、彼はじっとこちらの出方を窺《うかが》っていただけだった。

──一体、何が目的なのか……。

分からないからこそ、警戒《けいかい》を怠《おこた》るわけにはいかない。

ジークハルトは身を引《ひ》き締《し》める。セイラン王子がいなくなったからと浮かれているわけにはいかないのだ。

「……あの、陛下。少しお話があるのです」

ためらいがちなロイスリーネの声が、ジークハルトの思考を引き戻す。向かいに座るロイスリーネに視線を戻すと、彼女は思いのほか真剣な眼差《まなざ》しでジークハルトを見ていた。

「私、自分のギフトについて知りたいのです。そのために私の母――ロウワン国の王妃と連絡を取っても構わないでしょうか？」

「もちろん、構わない」

ジークハルトは一も二もなく許可を与《あた》えた。

実を言うと、ジークハルトはロイスリーネがロウワンの王妃に手紙を書いたことをもう知っている。朝食の席でロイスリーネがジークハルトに許可を求めるつもりだということも。その手紙を目にしたことすらある。

――何しろロイスリーネ本人がそう教えてくれたんだから。うさぎ《俺》に。

ロイスリーネが溺愛し、毎晩一緒に寝ているうさぎの「うーちゃん」の正体は、何を隠そうジークハルト本人だ。

ルベイラの地中深くには古い神々の一柱である「夜の神」が封印されており、かの神が垂れ流す呪詛《じゅそ》から国と国民を守るために、代々の王族はその身で呪いを引き受け、受け流すという役割が与えられている。

それが可能なのは、ルベイラ王家が人と動物両方の特性を持つ「亜人《あじん》」の血を引いているからだ。現に先々代国王――ジークハルトの祖父は猫《ねこ》の姿を取ることができた。本宮の廊下に飾られている肖像画《しょうぞうが》で、今は亡《な》き祖母が抱えている猫がそれだ。猫になることで祖父は長生きできた。

反対に動物の姿に変身することができない王族は、呪いをまともに受けてしまい、次第《しだい》に衰弱《すいじゃく》して早死にしてしまう。……ジークハルトの父親がそうだったように。

前王であるジークハルトの父親は、息子《むすこ》がうさぎに変身できることを知った時、安堵《あんど》のあまり泣いて喜んだという。自分の分まで長生きできると、よかったと。

――父上……。

早くに母親を亡くしたジークハルトにとって、父王は唯一の肉親だった。その父親の命を助ける術《すべ》を知りたくてジークハルトは東方諸国を巡《めぐ》る旅に出たのに、結局帰国する前に父王は亡くなってしまった。

……ジークハルトにとって父親の死に目に遭《あ》えなかったことは、今もなお苦い記憶《きおく》として残っている。

――だけど、あの旅は無駄《むだ》にはならなかった。ロイスリーネに出会えたのだから。

こみあげそうになる悲しみを振り払《はら》うと、ジークハルトはロイスリーネに言った。

「もし直接話がしたいのなら、魔法通信を使うといい。あれなら離《はな》れていても顔を見ながら会話ができる」

魔法通信というのはルベイラ国の王宮魔法使いたちの長、ライナス・デルフュールが発明した「遠く離れた場所でも互いの顔の映像を見ながら会話ができる」という魔道具《まどうぐ》だ。

今までは魔法が使える者同士でしか遠方とやり取りできなかったのだが、この魔法通信装置があれば、魔力がない者同士でも会話することができるという画期的なものだった。

——難点は装置の設置に莫大《ばくだい》な費用がかかることと、使用する時に貴重な魔石《ませき》を大量に必要とすることだな。

魔石というのは魔力を石の中に貯《た》めることができる特殊な鉱石で、ごく限られた場所でしか採掘《さいくつ》できない、宝石よりも貴重とされている石だ。当然、値段も高い。この難点のせいで、魔法通信は裕福《ゆうふく》な貴族か王族でしか手が出せない魔道具になってしまった。

だが便利な道具であることには変わりない。

そこでジークハルトは、同盟国や友好国の王宮にルベイラとの通信に限定した魔法通信装置を贈《おく》った。国ならば高価な装置でも問題なく運営できる上に、何か重大な問題が起きた時すぐに連絡が取れるからだ。

もちろんこの通信装置はロイスリーネの祖国であるロウワンにも設置されており、ジークハルトはロウワン国王夫妻とのごく私的な会話のために時々こっそり使用していた。

「ありがとうございます。母の返答を待つことになりますが、もし魔法通信を使うことになったら、陛下のご厚意《こうい》に甘えさせていただきますね。……まぁ、そもそも母がすんなり教えてくれるかどうかも分かりませんが……」

ロイスリーネの表情が曇《くも》る。自分の持つギフトについて長い間隠されていたロイスリーネは、ロウワン王妃が教えてくれないのではないかと不安なのだろう。

「たぶん、大丈夫だと思う」

ジークハルトはできるだけ優《やさ》しい口調で言った。

「君の母君――ローゼリア王妃は、君が知りたいと願うなら答えてくれると思う」

「そうでしょうか？」

「ああ」

頷きながらジークハルトはそっと心の中で付け加える。

――なぜなら、ローゼリア王妃がロイスリーネに知られることを恐《おそ》れているのはもう一つのギフト『神々の寵愛《ちょうあい》』の方なのだから。

これは前代未聞《ぜんだいみもん》のことで、今まで一人の人間が複数のギフトを持っていた例はなかった。それだけでも貴重なのに、ロイスリーネの場合はその二つ目のギフトが問題だったのだ。

『神々の寵愛』は、神に愛された人間。神々――いや、世界から寵愛され、存在するだけで周囲に幸運と豊かな恵《めぐ》みをもたらすという「神の愛《いと》し子《ご》」に与えられるギフトだ。

かつて『女神《めがみ》の寵愛』というギフトを持って生まれた少女がいた。少女が生まれた国は彼女の誕生以来一度も災害に見舞《みま》われず、作物も豊かに実った。

それが女神の愛し子への恩恵だった。彼女は愛された。自然に、人々に、動物に。

だが、『女神の寵愛』が彼女にもたらしたのは幸せだけではなかった。

神の寵愛を受けるその少女を巡って戦争が起こったのだ。生国は蹂躙《じゅうりん》され、彼女は連れ去られた。けれど、彼女を得たはずの国もまた戦争に巻き込まれて滅《ほろ》んだ。彼女を欲《ほっ》する他国の者たちの手によって。

世界中が狂《くる》ったように彼女を欲した。求めて戦った。たくさんの命が失われた。

そのことに胸を痛めた少女が、自ら命を絶つまで醜《みにく》い戦争は終わらなかったという。

それ以来「神の愛し子」は現われていない。……ロイスリーネが生まれてくるまでは。

ローゼリア王妃はロイスリーネのギフトを巡って争いが起こることを危惧《きぐ》して、彼女がギフト持ちであることを隠した。ロイスリーネの身の安全と、ロウワン国を守るために。

六年前、ロウワンに遊学し『神々の寵愛』のギフトの片鱗を目にしたジークハルトは、その言葉に納得したのだが……。

——今振り返ってみると、ローゼリア王妃が語った理由がすべてではないように思える。

『還元』のギフトは公にして、『神々の寵愛』のことだけを黙《だま》っていればよかったんじゃないか？　少なくとも二つとも隠す必要はない。

なのに、ローゼリア王妃はロイスリーネの持つギフトの存在すべてを隠してしまった。

それはなぜか。

――俺たちには伝えなかっただけで他の理由があるのかもしれない。

そしてそれは、クロイツ派が執拗にロイスリーネを狙う理由と無関係ではないと、ジークハルトの勘《かん》が告げていた。

「……ロイスリーネ。ローゼリア王妃が君にギフトについて話をしてくれる時は、私とカーティスを同席させてもらっても構わないだろうか？」

ジークハルトが慎重《しんちょう》な口調で頼むと、ロイスリーネはあっさりと承諾《しょうだく》した。

「はい。構いません。陛下にはお世話になっているし、一緒にいると心強いですから。むしろ付き添《そ》ってもらえるように私から頼もうと思っていたくらいです」

「そ、そうか。それでは言葉に甘えて同席させてもらうことにしよう」

頼《たよ》られたことを嬉しく思いながら頷くと、ロイスリーネは口元を綻《ほころ》ばせた。

「ありがとうございます。それじゃ、さっそくお母様に連絡を取ってみますね」

「ああ、他に必要なものがあったら遠慮《えんりょ》なく言ってくれ。……あ、そうだ、ロイスリーネ。その前に一つ尋《たず》ねたいんだが……」

「はい？」

急に頭に浮かんだ疑問を、ジークハルトは思いきってぶつけてみた。

「ローゼリア王妃に連絡を取る前に俺にギフトのことを訊《き》かないのはどうしてだ？」

「え？」

きょとんとした顔でロイスリーネはジークハルトを見た。その表情から思いもよらなかったであろうことが見て取れる。

「そういえば考えませんでしたね。これっぽっちも」

「参考までに聞くが、それはなぜ？」

「だって陛下は私のギフトについて黙っていると母と約束したのでしょう？　なのにデルタとラムダがギフトのことを話してしまったから、仕方なく教えてくれただけっていうのは理解しています。だから陛下からこれ以上の答えを聞くのはフェアじゃないというか、筋が違う気がするんですよね」

ロイスリーネは言葉を切り、にっこりと笑った。その笑みは「王妃の微笑」ではなく、ロイスリーネ本来の笑顔に近かった。

「安心してください。知りたいからって陛下に約束を破らせる気はありません。私が尋ねるべき相手はお母様です」

「ロイスリーネ……」

きっぱりと答えるロイスリーネの笑顔を、ジークハルトはとても眩《まぶ》しく感じて目を細めた。

――ああ、こういうところだ。彼女には敵《かな》わないと思ってしまうのも、目が離せなくなってしまうのも。

六年前、公務とはいえジークハルトは国から離れることが心配だった。呪いの影響で父王の体調が思わしくなかったからだ。

それでも旅に出たのは、高名な『解呪の魔女』であるロウワンの王妃と会いたかったからだ。『解呪』のギフトであればルベイラ王家を襲《おそ》う呪いを解くことができるのではないか。父親を死の運命から救うことができるのではないか。そんな淡《あわ》い期待を抱《いだ》いていた。

けれど、会って早々、その希望は打《う》ち砕《くだ》かれた。『解呪の魔女』はジークハルトが何も言わないうちに悲しそうに首を振ったのだ。

『申し訳ありません、ジークハルト殿下《でんか》。私に神の呪いは解けないのです』

けれど、絶望するジークハルトに彼女は一筋の希望を与えてくれた。それがロイスリーネだ。

王妃の計らいで一緒に過ごすうちに、まだ少女だったロイスリーネにジークハルトは自分にない強さを見いだしていた。それもギフトや呪いとはまったく関係のないことで。

ロイスリーネは祝福《ギフト》を持っていないことで「期待外れの姫」と呼ばれ、優秀《ゆうしゅう》な姉王女と常に比較《ひかく》されていた。そのことに落ち込むこともあるのだと告白しながら、それでも受け入れてまっすぐ前だけを見つめようとしていた。

『背伸《せの》びしたって仕方ありません。私は私でしかありませんから。だったら私は自分ができることをするだけです』

虚勢《きょせい》でもない。卑屈《ひくつ》になっているわけでもない。達観しているわけでもないのに、そう言ってしまえる強さがロイスリーネにはあった。

能天気で変に前向きなだけだとロイスリーネは笑うが、誰もができるわけではない。ロイスリーネには自分なりの理念があって、決してそれからブレることはない。辛くても後ろを振り返ることなくまっすぐ前を見つめている。

呪いに怯《おび》え、自分の運命を受け入れることも抗《あらが》うこともせずただ嘆《なげ》いていただけのジークハルトの目に、ロイスリーネは眩しく映った。

ジークハルトがルベイラ王家の運命を受け入れることにしたのは、この時のロイスリーネの影響が大きいと言える。

自分もあの少女のように、運命を受け入れつつ前を向いて生きていけたら。そんなふうに考えるようになった。

その後うっかりロイスリーネのギフトの片鱗を見せつけられ、ジークハルトは彼女を守ることをローゼリア王妃と神々に誓った。

以来、ジークハルトにとって彼女の存在はますます大きくなるばかりだ。

「……君と出会えて、よかった」

目の前には六年前の少女の頃《ころ》の面影《おもかげ》を残しながら、すっかり大人の女性に成長したロイスリーネがいて、ジークハルトに笑顔を向けている。

「そして結婚できたことにも感謝している」

しみじみとした口調で言うと、ロイスリーネは何度も瞬《まばた》きをしてから恥《は》ずかしそうに目を逸《そ》らした。

「い、いきなりなんですか。セイラン王子のお花畑が移っちゃったんですか？」

気に入らない名前が出てきて、ジークハルトは思わず眉をピクリとさせた。

「セイラン王子の話はよしてくれ。せっかく解放されたんだから」

二人のやり取りを少し離れた場所で聞いていたエイベルが思わず呟く。

「……王妃様ってつくづく人たらしだよなぁ」

エイベルの呟きを耳にしたエマが珍《めずら》しく同意する。

「リーネ様ですからね。セイラン王子にくっついてきたあのララって娘《むすめ》も結局リーネ様に懐《なつ》いて、四六時中部屋に入り浸《びた》っていましたもの」

「ああ、あの娘ね。セイラン王子のように排除《はいじょ》するわけにもいかず、ジークが困り果てていたよ。帰ってくれてよかった」

そんな会話を従者と侍女が交《か》わしていることに気づかず、ロイスリーネは頷いた。

「そうですね。せっかく平穏な日々が戻ってきたんですもの。もうこの話はやめましょう」

そこで急に言葉を切ったロイスリーネは、はにかんだように視線を空に泳がせた。

「それでその、話は変わりまして。私、陛下に言おうと思っていたことがあるんです」

今度はジークハルトがきょとんとする番だった。

「話？」

「はい。い、以前陛下が私に言ってくださった言葉があったでしょう？」

なぜかロイスリーネは目線を下に落とし、皿に盛られたチキンの香草焼《こうそうや》きをナイフとフォークでぐりぐりと突《つ》き刺《さ》しながら続けた。その顔はほんのりと赤く染まっている。

「言葉？　ロイスリーネ、一体どうしたんだ？　顔が赤いが、熱でもあるのか？」

いつにない様子に心配になったジークハルトが気遣《きづか》わしげに尋ねる。

「もし具合が悪いのなら、無理することはない」

「ち、違います。具合は悪くありません！」

ロイスリーネはガバッと顔を上げると、頬《ほお》をますます赤く染めながら言った。

「そうじゃなくて、以前、陛下は仰《おっしゃ》ったじゃないですか、その、私に『王妃として一緒に生きてほしい』って。それで、私……」

何かを決意したようにロイスリーネは一度言葉を切り、唇を引き結ぶと、すうっと息を吸う。対するジークハルトはきょとんとしたままだ。

エイベルとエマはジークハルトの鈍《にぶ》さを呪いつつ、固唾《かたず》を呑《の》んでやり取りを見守る。

そして——ようやくロイスリーネの口からその言葉が飛び出した。

「へ、陛下に伝えたいと思っていた言葉があるんです。待たせてごめんなさい。私、私も陛下と、国王と王妃として——」

「お話し中、申し訳ありません！」

突然、前触れもなくダイニングルームに一陣《いちじん》の風とともに声が響き渡る。

すると、ジークハルトの護衛をしているリードの姿がどこからともなく現われて、傍《そば》に跪《ひざまず》いた。

「陛下、失礼いたします。火急にお知らせしたいことがございます故《ゆえ》、無礼をお許しください」

通常ならば護衛が会話中に割り込むことはない。つまり、どうしてもそうせざるを得ない事態——緊急《きんきゅう》事態が起こったのだ。

「リード、何があった？」

身を引き締めながらジークハルトが問いただすと、リードは跪いたまま答えた。

「神聖メイナース王国に赴《おもむ》いていた仲間から知らせがありました。受け取った隊長が一刻も早く陛下にお知らせしろと。おそらく今頃外務府の役人にもメイナース王国に駐在《ちゅうざい》している外交官から連絡がいっていることでしょう」

「神聖メイナース王国？」

ジークハルトは目を見張った。緊急事態が起こるような国とは到底《とうてい》思えなかったからだ。

「一体、神聖メイナース王国で何があった？」

「王太子《おうたいし》暗殺未遂《みすい》事件です。かろうじて命は奪《うば》われずにすんだものの、今も重傷で意識がありません。ですが、さらに問題なのは、王太子の暗殺を画策したのが、ファミリア大神殿《だいしんでん》に所属する大神官たちだったということです」

「ファミリア大神殿の者が⁉」

これにはさすがにジークハルトも目を剝《む》いた。ロイスリーネも事の重大さが分かったようで、息を呑む。

「主犯の大神官たちはすでに捕《とら》えられましたが、他にも暗殺に関与《かんよ》していた神殿関係者が多数いる模様です。そのため、大神殿の内部は大混乱に陥《おちい》っているそうです」

それはそうだろう。大神官たちが捕えられ、これから逮捕者《たいほしゃ》が増えるともなれば。

「これは荒《あ》れるね。どう考えても荒れる。ルベイラのファミリア神殿も下手をすれば巻き込まれる。いや、大陸中にあるファミリア神殿が」

忌々《いまいま》しそうにエイベルが舌打ちする。

エイベルの言う通りだ。この一報は瞬《また》く間《ま》に大陸中に伝わり、どの国でも固唾を呑んで経過を見守ることになるだろう。

なぜなら女神ファミリアはもっとも信仰《しんこう》を集めている神で、大陸のどの国にもファミリア神殿は存在する。

そして神聖メイナース王国内にある大神殿は、世界中に広がるファミリア神殿を統括《とうかつ》する総本山であり、信者にとってはもっとも有名な聖地だからだ。

そこで王族を害するような逮捕者が出たとなると、その影響は計り知れない。

「まさか大神殿の者が王太子の暗殺を目論《もくろ》むとは……」

どちらからともなくロイスリーネとジークハルトは顔を見合わせる。互いの瞳《ひとみ》に浮かんだ心情を雄弁に物語っていた。

困惑と恐れと、そして諦念《ていねん》。

こうしてルベイラ国王夫妻の平穏な日々は、たった二日で終わりを告げたのである。

第二章　お飾り王妃とギフト

『緑葉亭《りょくようてい》』の表扉《とびら》に「休憩中《きゅうけい》」の看板をつけたロイスリーネは、ふと顔を上げて王都の中心地――ちょうど店からは西にあたる方角に目を向けた。

織物《おりもの》工場の建物や住宅街、それに商店街の街並みの向こうに、いくつもの塔《とう》を持つ建造物が見えた。ルベイラ王都内に建てられたファミリア神殿《しんでん》だ。

距離《きょり》が離《はな》れている『緑葉亭』からもはっきりと見えるということは、その建物がいかに大きいかを物語っている。実際、王宮を除けばファミリア神殿は王都内でもっとも高くて大きな建物だ。

高くそびえる塔からは一日三回、鐘《かね》が鳴らされる。その鐘の音は王都のどこにいても聞くことができるそうだ。

ロイスリーネは神殿を見つめながらひとりごちる。

「まさか、ファミリア大神殿の神官が王太子《おうたいし》を殺そうとするなんてね。おかげで陛下《へいか》に伝えようとしていた言葉もきちんと言えなかった……」

事件の報告を受けてから三日。その間、ジークハルトと宰相《さいしょう》のカーティスは情報の収集を行うと同時に周辺の同盟国、友好国と魔法《まほう》通信による会議を重ねて、対応を協議していた。

幸いなことに各国のファミリア神殿で目立った混乱は起きていないようだ。

道行く人もいつもと変わりがないように見える。けれど、少しでも情報を得ようと国内各地のファミリア神殿から司祭クラスの神官たちがひっきりなしに訪《おとず》れているようで、王都にある神殿の周辺は物々しい雰囲気《ふんいき》に包まれていた。

「神殿長はきっと大忙《おおいそが》しでしょうね」

優《やさ》しげな風貌《ふうぼう》を持つファミリア神殿の神殿長を思《おも》い浮《う》かべながらロイスリーネは呟《つぶや》く。

神殿長というのは各地方のファミリア神殿を統括《とうかつ》する最高責任者だ。神聖メイナース王国にあるファミリア大神殿に任命された高位の聖職者だけがつくことができる。

ジークハルトとロイスリーネの結婚式《けっこんしき》はファミリア神殿で行われ、式を執《と》り行《おこな》ったのがその神殿長だったため、面識があった。

ルベイラの神殿長はおっとりした気のいい老人だ。大勢の招待客を前に緊張《きんちょう》するロイスリーネに優しく声をかけて、気遣《きづか》ってくれた。

——たしか枢機卿《すうききょう》でもあらせられるのよね、神殿長は。

枢機卿というのは大陸中のファミリア神殿の頂点に立つ教皇を補佐する役職だ。教皇の近くで仕事を手伝うこともあるが、大部分の枢機卿は各地方の神殿長として赴任《ふにん》しており、何かあれば、神聖メイナース王国にある大神殿に招集される仕組みになっている。

「リーネ、いつまで表にいるんだい？」

戸が開いて、リグイラがひょいっと顔を出す。どうやら表に看板を出しに行ったきりなかなか戻《もど》らないロイスリーネを心配したらしい。

「すみません、リグイラさん。ちょっとファミリア神殿の方を見ていました」

そう答えると、リグイラの顔に理解の色が浮かんだ。

「まぁ、気になるのは当然だね。だけど遠くから眺《なが》めていたって何にもなりゃしないさ。さ、まかないを用意したからさっさとお食べ。迎《むか》えが来るんだろう？」

「あ、そうでした。急いで戻ります」

まかないと聞いてロイスリーネの緑色の瞳《ひとみ》が明るく輝《かがや》いた。熱々の食事を思い浮かべると自然と笑《え》みがこぼれる。

——王宮で出される料理はおいしいんだけど、毒見やら何やらで私が口をつける頃《ころ》にはすっかり冷めているのよね。

『緑葉亭』ではできたての温かい料理を食べることができる。

ロイスリーネのお忍《しの》びを知る侍女《じじょ》の中には、毒見もしていない食べ物を口にすることを心配する者もいたが、ここの食事は絶対に大丈夫《だいじょうぶ》だと自信を持って言える。

なぜならこの『緑葉亭』は――。

頬《ほお》を緩《ゆる》ませながら店内に戻ると、常連客の何人かはまだテーブルについていた。ロイスリーネの姿に気づいたマイクとゲールが声をかけてくる。

「お、リーネちゃんはこれから食事か」

「今日もリーネちゃん目当ての客が多くて忙しかったみたいだからな。ご苦労様」

マイクもゲールも『緑葉亭』の常連客だ。近くにある織物工場で働いていて、毎日のように店を訪れる。

あまりに店に入《い》り浸《びた》るものだから、リグイラはほぼ彼らを客扱《あつか》いしなくなっていた。

「ちょっとあんたたち、暇《ひま》ならこの雑巾《ぞうきん》でテーブルを拭《ふ》きな」

リグイラが店の奥から出てきて、手にしていた雑巾を二人のテーブルに放り投げる。

「ちょ、女将《おかみ》！」

「女将ひでぇ、俺たち客なのに」

二人の抗議《こうぎ》の声を鼻で笑い、リグイラは厨房《ちゅうぼう》に戻っていく。

マイクとゲールは「鬼《おに》女将め」「人使いが荒《あら》い」などとブツブツ言いながらも、素直《すなお》にテーブルを拭き始めた。他の常連客はそれを見てゲラゲラと笑っている。

ロイスリーネはまかないを食べながらついくすっと笑ってしまった。

――リグイラさんには逆らえないのよね、二人とも。いえ、二人だけじゃなくて、今ここに残っている常連客の全員が。

リグイラとキーツの経営する『緑葉亭』は、一見何の変哲《へんてつ》もないどこにでもある街の食堂だ。けれどそれはあくまで表向きのこと。

二人の正体はルベイラ軍の情報部、第八部隊の部隊長と副隊長という肩書《かたがき》を持つ、れっきとした軍人だ。

——……ううん。軍人とは言えないかもしれない。

それもそのはず。第八部隊は国王ジークハルト直属の諜報《ちょうほう》部隊なのだ。国王の命で動く彼らは『影《かげ》』と呼ばれていて、主に国王夫妻の身辺警護や諜報活動、時として暗殺まで請《う》け負《お》っている。

第八部隊に所属しているのはリグイラとキーツだけではない。マイクやゲールをはじめとした『緑葉亭』の常連客の大半が、第八部隊のメンバーだ。

——つまり、私はこの世でもっとも安全な場所で働いているっていうことなのよね。だからこそ陛下もカーティスも容認《ようにん》してくれているんだと思う。

野菜スープとチキンの香草焼《こうそうや》きを十分堪能《たんのう》したロイスリーネは、満足そうにスプーンを置くと、厨房からちょうど出てきたリグイラに声をかけた。

「リグイラさん。陛下から聞いたんですけど、教皇様が引退するかもしれないというのは本当ですか？」

「ああ、うちの仲間からも報告があった。この騒《さわ》ぎの責任を取って教皇を降りる方向で話が進んでいるらしい」

リグイラは肩をすくめる。

「王太子暗殺の首謀者《しゅぼうしゃ》として逮捕《たいほ》された大神官が、教皇の側近だったっていうからね。裏で糸を引いていたのは教皇なんじゃないかなんて噂《うわさ》も飛び出してさ。責任を取らざるを得ない状況《じょうきょう》になったようだね」

横からマイクが口を挟《はさ》む。

「教皇は王太子と対立していたらしいんだよ、リーネちゃん。少なくとも王太子を苦々しく思っていたのは確かで、暗殺未遂《みすい》の話が出た時、真っ先に疑われたのは実は教皇だったようだ。側近の大神官が首謀者だと判明した後も、真犯人は教皇じゃないか、トカゲの尻尾《しっぽ》きりじゃないかって思われている」

ロイスリーネは目を丸くした。教皇が王太子と対立していたなんて、初めて聞いた話だったからだ。

「神殿と王家が対立していたんですか？　あの神聖メイナース王国で？」

神聖メイナース王国は大陸の東側にある小国だ。国の規模はロウワンとあまり変わらない。けれど、この王国の成り立ちは他の国とは異なっていた。

ファミリア大神殿の建つミストラス山は、大地の女神《めがみ》ファミリアが最初に降り立った場所だとされている。女神ファミリアを崇《あが》める人々にとってこの山は聖地だ。女神を祀《まつ》る神殿が建てられ、世界中から巡礼《じゅんれい》に来る人々が殺到《さっとう》し、聖地はさらに大きくなっていった。

ところが六百年前、『女神の寵愛《ちょうあい》』という祝福《ギフト》を持つ神の愛し子《いとご》を巡《めぐ》って大陸中を巻き込んだ戦いが起こり、聖域だったファミリア大神殿にも侵略《しんりゃく》の魔《ま》の手がかかるようになった。

慌《あわ》てた大神殿は自分たちの聖域を守るため、神殿騎士《きし》の一人を王に任命して王国を建設する。それが神聖メイナース王国だ。

つまり神聖メイナース王国はファミリア大神殿のための国なのだ。当然、主体は大神殿側にあり、王家は神殿の意向を守る形で存続していた。

実際に王国といっても王家や貴族たちの領地は国土の半分だけで、あとはファミリア大神殿が所有する土地だ。ロウワンやルベイラとは違《ちが》い、王家にそれほどの権力はない。

「びっくりだろう? 俺たちも最近になってようやく摑《つか》んだ情報でね。もっとちゃんとした情報を得るために、『影』が派遣《はけん》されることになってたの。その前にターレス国の問題が起こってそっちに行く羽目になっちゃったけどさ」

マイクとゲールはつい最近までターレス国にいた。セイラン王子の婚約《こんやく》発言の背後にクロイツ派が関わっているか調べるためだ。結局、洗脳というより、深刻な問題だったことが発覚し、二人はそちらにかかりきりになった。

「仕方ないさ。ターレス国の方が急務だったんだから。さすがのあたしもまさか暗殺未遂事件にまで発展するとは思ってなかったしね」

リグイラはロイスリーネに水の入ったコップを渡《わた》しながら苦笑《くしょう》した。

「増員して詳《くわ》しく調べるつもりではあったんだ。だけど、ターレス国に残っているかもしれないクロイツ派の探索《たんさく》もしなくちゃいけなくて、そっちに人員を割《さ》いたんだよ。事件の一報を聞いてターレス国に派遣した一部をメイナース王国に向かわせたけど、後手に回った感はある。まったく、あたしも耄碌《もうろく》したもんだ」

「仕方ないですよ、立て続けに事件が起こるなんて予想できるはずもないんですから」

慰《なぐさ》めるように言ったとたん、とあることに気づいてロイスリーネはリグイラを見上げた。

「リグイラさん、『影』のみなさんが王太子暗殺未遂事件の調査に乗り出すってことは、もしかして今回の事件にクロイツ派が関わっているんですか？」

ジークハルトは世界情勢を知るために『影』をあちこちの国に派遣している。けれど、それはあくまで情報収集のためであって、何か起こるたびに事件に介入《かいにゅう》しているわけではない。『影』が動くのはクロイツ派が関わっているかもしれない場合だけだ。

――リグイラさんが神聖メイナース王国に人員を派遣したってことは、クロイツ派が今回の暗殺未遂事件にも……？

リグイラは首を横に振《ふ》った。

「そこまではまだ分からないんだ。ただね、以前は神殿の意向に従順だった王太子が、いきなり政教分離《ぶんり》の改革を掲《かか》げるようになるなんて、少しきな臭《くさ》いだろう？　洗脳という線もあるかもしれないと思ってね。それに、クロイツ派を牛耳《ぎゅうじ》っているのが本当に夜の神の眷属《けんぞく》だとしたら、女神ファミリアは彼らにとって仇敵《きゅうてき》だ。万が一ということもある」

「夜の神の眷属」という言葉を聞いてロイスリーネは唇《くちびる》をきゅっと引き結んだ。

クロイツ派の幹部はデルタ、ラムダ。それにシグマと名乗っていた。これらの名前は地中深くに封印《ふういん》された「夜の神」が使役《しえき》した眷属の名前だ。

昔からクロイツ派と「夜の神」との繋《つな》がりを指摘《してき》する声はあった。それはクロイツ派が攫《さら》ってきた魔法使いや魔女《まじょ》や聖女を、「夜の神」を祀った神殿跡《あと》で殺害することが多かったからだ。

一方で、クロイツ派が「夜の神」を祀った神殿跡を利用するのは、そこが地元の人間すら近づかない場所で、攫ってきた者を殺害するのにちょうどよかったからだという意見もあった。どちらかと言えばこちらの意見の方が多数で、ロイスリーネ自身もいざ自分がクロイツ派の幹部に狙《ねら》われるまでは、両者に関わりはないと思っていた口だ。

――でも、相対したデルタやラムダ、それにシグマは普通《ふつう》じゃなかった。「夜の神」を我が主《あるじ》と呼び、形勢不利だと見るといとも簡単に自分の命を捨ててしまった。

シグマに至っては、まるで役に立たなくなったものを投げ捨てるかのようなたやすさで身体《からだ》を捨てていった。そう。捨てていったのだ。

まるで代わりはいくらでもあるような言葉を残して。

ここまで来るとさすがのロイスリーネたちも、クロイツ派の幹部たちが本当に「夜の神の眷属」ではないかという可能性を捨てきれなくなった。

「夜の神」は、創世神話に出てくるこの世界を作った古い神々の中の一柱だ。神話では古い神々は世界を新しい神々に託《たく》し、自ら眠《ねむ》りについたという。けれど、夜の神は眠るのを拒《こば》み、荒神《あらがみ》となって眷属と共に人々を殺し始めた。

夜の神の暴挙を嘆《なげ》いた新しい神々の代表である大地の女神ファミリアは、ルベイラという青年に力を貸して、「夜の神」とその眷属たちを大地の奥底に封印することに成功する。

このルベイラという青年こそ、ルベイラ国の初代王であり、ジークハルトの先祖だ。

「夜の神」は封印されたが、一部の眷属は逃《のが》れて、各地へ散らばりそこでも人間を苦しめた。人々は力を合わせて眷属たちを倒《たお》し、二度と復活できないように封印した。

かくして「夜の神」から始まった厄災《やくさい》はようやく終息したのである。

これが一般《いっぱん》に伝わっている「夜の神」とその眷属たちにまつわる神話だ。

しかしその神話には、続きがあった。主にルベイラに伝わる神話だ。

「夜の神」は眠らされて、地中深くに封《ふう》じられてもなお人間に対する呪詛《じゅそ》をまき散らしていた。このままでは国民がみんな死に絶えると考えたルベイラ王は、女神ファミリアに

「夜の神」の呪《のろ》いがすべて自分に、そして自分が死んだらその子孫に集まるように願った。

その願いは叶《かな》えられた。そしてこれが、現在進行形でジークハルトが受けている先祖代々の呪いの正体だ。

【ルベイラ王の血筋を絶やすな。ルベイラ王の血筋が絶えた時は、国が終わり、人間の世が終わり、そして世界が終わる――】

神話はそう締《し》めくくられている。ルベイラの国民であれば誰もが知っている伝承だ。

もっとも、それが本当だと信じている者は少ない。

――国民を守るためにルベイラの王族たちは生贄《いけにえ》のように我が身を捧《ささ》げてきた。それはとても尊いものだと思うし、現王妃《おうひ》である私の立場からしても、全体を守るために個を犠《ぎ》牲《せい》にすることもやむなしと思える。……でも納得《なっとく》できたわけじゃない。仕方ないなんて言葉で片づけたくない。

ロイスリーネは立ち上がって、リグイラに向き直った。

「リグイラさん。ファミリア大神殿には古い文献《ぶんけん》も数多く保管されていると聞きます。王太子殿下《でんか》の暗殺未遂事件について調べるついでに、『夜の神』、および眷属たちについての記載《きさい》がないか調べてもらうことはできませんか？」

リグイラはロイスリーネの言葉に一瞬《いっしゅん》だけ目を丸くしたが、すぐににやりと笑った。

「了解《りょうかい》した。ふふ、あんたもすっかり王妃らしくなったじゃないか」

「そ、そうでしょうか？　エプロン姿で王妃らしいって言われてもなんか複雑ですが」

「そういうことじゃなくて、心根の話さ」

「心根……？」

それはどういうことかと尋《たず》ねようとしたロイスリーネの耳に、戸が開く音が聞こえた。ハッとなって振り返り――そこに魔法使いの長ライナスの姿を見つけてロイスリーネはちょっとだけがっかりしてしまった。

――いやね、私ったら。カインさんが来るわけないのに。同盟国との連絡《れんらく》や会議で忙しいから当分は出てこられないと分かっているのに。一瞬だけ期待してしまった。

「お迎えが遅《おそ》くなって申し訳ありません」

ライナスは店に入ってくると、ロイスリーネの前で軽く頭を下げた。

「王宮を出る寸前に、外務府の役人に呼び止められてしまったもので。お待たせいたしました」

「今日は珍しくローブ姿じゃないんだね、ライナス」

リグイラが声をかけると、ライナスは肩をすくめた。よく見ると、確かにいつも彼が身に着けている王宮魔法使い専用のローブ姿ではなく、チュニックにズボンというごく一般的な服装をしている。

「さすがに街中でローブ姿だと目立ちますからね。今日は私服を着てきました」

「そうしていると、本当にごく普通の青年に見えるね、あんたは。まぁ、魔道具《まどうぐ》のことを語らなければという条件付きだけど」

とたんにライナスはムッと口を引き結ぶと猛然《もうぜん》と反論した。

「失礼な。魔道具のどこがいけないんです？　あれは実用を兼《か》ねた芸術品です！　ち密に計算された魔法回路と制御《せいぎょ》があってこそ誰でも魔法を使える画期的なものなんです！」

「そういうところがだよ！」

呆《あき》れたようなリグイラの声が店内に轟《とどろ》く。ロイスリーネも常連客も二人のいつものやり取りをくすくす笑いながら見守った。

――魔道具語りさえなければ、冷静沈着《ちんちゃく》で有能な魔法使いなのに……。

ロイスリーネは残念に思いながら、うんざりした顔のリグイラを余所《よそ》に魔道具のすばらしさを語り続けるライナスに声をかけた。

「ライナス。お話の途中《とちゅう》で申し訳ないのだけれど、そろそろ帰らないといけないわ」

するとハッとしたようにライナスは口を閉じ、頭を下げる。

「申し訳ありません、王妃様」

「いえ、大丈夫よ。リグイラさん、それじゃあ私たちは帰りますね」

「ああ、リーネ、今日もご苦労さん。明日もよろしく頼《たの》むよ」

「リーネちゃん、ご苦労様。気をつけて」

「ライナス、ちゃんとリーネちゃんを部屋まで送るんだぞー」

常連客たちの声を背に、ロイスリーネはライナスと一緒に店を出た。

いつも移動に使っている民家に向かって住宅街を歩きながらライナスに話しかける。

「忙しいのに、今日は本当にありがとう、ライナス」

「いいえ、とんでもありません。私の方こそ王妃様のギフトについて調べる許可をいただけて、非常にありがたく思っています」

にこにこと笑っているところを見ると、どうやらお世辞ではなくライナスの本心らしい。

ライナスの言う通り、彼が店までロイスリーネを迎えにきたのは、別に護衛のためだけではなく『還元《かんげん》』のギフトについて調べるためだった。

祝福《ギフト》のことを知りたいというロイスリーネの希望を叶えるため、カーティスはライナスに協力を仰《あお》いだのだ。

もちろん、ライナスは二つ返事だった。どうやら前からギフトには興味があったらしい。

「神殿にいる聖女様たちを調べるわけにはいかないですし、身近にギフト持ちもいなかったので、なかなか機会がなかったんですよね。ですから宰相様の依頼《いらい》は渡りに船でした。未知の『還元』のギフト、どういうものか非常に興味があります」

ロイスリーネにギフトの制御はできないので、いつ発動するかが不明だ。主にロイスリーネが害されようとする瞬間に発動するようだが、まさかそのために攻撃《こうげき》するわけにもいかず、直接確かめる術はない。

だが、必ずと言ってもいいほどギフトの力が発揮される瞬間《しゅんかん》が存在する。それは、秘密の通路を出入りする時だ。

ルベイラ王宮の地下には、何かあった時にすぐ王族が脱出《だっしゅつ》できるよう秘密の地下道が張り巡らされている。ただしこの秘密の通路は誰でも出入りできるものではない。王族しか使えないように強力な魔法で封印されているのが常だ。

ところがロイスリーネは、封印されているはずのこの扉をいとも簡単に開けてしまうのだ。どうやら通路を使うたびに『還元』のギフトを無意識に使っているようなのである。

ライナスはジークハルトに許可をもらい、ロイスリーネと一緒に地下通路を使うことで『還元』のギフトを調べるつもりだった。

「ギフトと言えば、ロウワンの王妃様に手紙を出したそうですね。お返事は来たんですか？」

カーティスから手紙のことを聞いたのだろう。ライナスの当然の質問にロイスリーネは困ったように笑った。

「お母様からは、手紙を出してすぐにお姉様経由で返事が来たわ。ギフトについて詳しい人物をルベイラに派遣するって。でもファミリア大神殿の事件のことがあるから、世界情勢が落ち着いてからだって。どうやらしばらくかかるみたい」

「そうですか。でもそれは仕方ないことかもしれません。ロウワンもルベイラ同様、女神ファミリアを信仰《しんこう》している国民が多いですから。事件が解決するまで国民も落ち着かないでしょう」

「そうね。こんな状況だし時間がかかるのは別にいいのよ。ただ私が気になるのは、ギフトのことに詳しい人物のことよ。一体お母様は誰を派遣するつもりなのかしら？　気軽にルベイラに来られる立場で、お母様にも信頼《しんらい》されていて、ギフトのことをよく知る人物なんて全然思い浮かばない」

「焦《あせ》らなくてもいずれ分かりますよ。さすがにこちらに派遣される時には知らせてもらえるでしょうし」

慰めるようなライナスの言葉に、ロイスリーネは頷《うなず》いた。

「そうね……。にしても、私にギフトがあるってこと、未《いま》だに信じられない気分なの。だから、ロウワンにギフトのことを問い合わせている今の状況がすごく不思議で」

ライナスはロウワン出身だ。戸惑《とまど》う今の気持ちを吐露《とろ》しても構わないような気がして、ロイスリーネは続けた。

「ライナスは知っているでしょうけど、私は『期待外れの姫《ひめ》』だと思われていたの。なのにルベイラに嫁《とつ》いだとたん、ギフト持ちだったと言われて……嬉《うれ》しいというより信じられなかったし、戸惑いしかなかったわ。……きっとロウワンの国民だって他国に嫁いでいった王女がギフト持ちだったなんて知っても、今さらだと思うでしょうよ。私は何一つ祖国にギフトの恩恵《おんけい》をもたらさなかったんだから」

これは単なる愚痴《ぐち》だ。でもロイスリーネの紛れもない本音でもあった。

――力には責任が伴《ともな》う。私はそう言われて育った。でも私にギフトがあるというのなら、今まで一度もその責任を負ってこなかったということになる。

「きっと私は自分にギフトがあることを信じられないのではなくて、信じたくないのだと思うわ。負うべき責任から逃げてたことや、何もしてこなかった自分から目を背《そむ》けたくて」

――いっそギフトがあるなんて知らないままの方がよかった。ずるい私はそんなふうに感じてしまう。

黙《だま》ってロイスリーネの言葉を聞いていたライナスは、ややあって口を開いた。

「お言葉ですが、私はそうは思いません。これは私の想像に過ぎないのですが、おそらく王妃様は知らず知らずのうちにやらかして……ゴホン、いえ、知らず知らずのうちにギフトの恩恵を周囲に与《あた》えていたと思いますよ。少なくとも王妃様のごく身近にいた人間は、ギフトのことに気づいていたのではないかと」

ロイスリーネは目を見開く。

「まさか、そんなことは……」

「エマ嬢《じょう》は王妃様のギフトのことを知って驚《おどろ》いていましたか？　違いますよね？」

「……確かにエマは驚きもしないですんなり受け入れましたけど」

「エマ嬢だけではなく、おそらく皆《みな》が前から何か変だと感じていたはず。けれど、ロウワン国王夫妻がギフト持ちではないと公言したために、何かわけがあるのだろうとあえて口にしなかった、そんな気がしますね」

「そ、そんな大げさなことはないと思うけれど……」

「現に私は陛下から聞く以前から……私がロウワンに住んでいた頃から王妃様がギフト持ちだと知っていましたから」

「え……!?」

　驚きのあまりロイスリーネの足が止まる。

「以前からって……それは一体どういうこと？　誰かから聞いていたの？」

「いいえ、自分の目で見てそう感じたんですよ」

　懐《なつ》かしそうに微笑《ほほえ》みながらライナスは目を細める。

「実を言いますと、私と王妃様は以前にも会ったことがあるんです。王妃様は小さかったので覚えていないでしょうが」

「ロ、ロウワンで？」

「はい。私はローゼリア王妃が結婚《けっこん》前に働いていた食堂『六角亭《ろっかくてい》』の近所に住んでいたので、店にも何度も通いました」

「えええ、『六角亭』に⁉」

『六角亭』はロウワンの城下町にある大衆食堂だ。ロイスリーネの母親であるローゼリアはそこで給仕係《ウェイトレス》として働いていた。今のロイスリーネのように『六角亭』の看板娘《かんばんむすめ》だったローゼリアを、お忍びで店にきた父親が見初《みそ》めたというのはロウワンでは有名な話だ。

「はい。両親は二人とも仕事で忙しく、食事の支度《したく》もままならなかったので、私と弟は毎日のように『六角亭』で食べさせてもらっていたのです。ちなみに私の実家は『六角亭』の斜《なな》め左向かいにあった『デルフュール時計店』です。父は時計職人で大勢の弟子《でし》を抱《かか》えていましたので、店の切り盛りは主に母がしておりました」

「『デルフュール時計店』！　覚えています！」

ロイスリーネの目がこれでもかと見開かれる。どうやら考えていた以上にライナスとロイスリーネは近いところにいたらしい。

「ロウワンの王妃様は結婚後もお子様たちを連れて『六角亭』によく遊びに来ておりました。そこで数回ほど小さい王妃様――紛《まぎ》らわしいのでこの場ではあえてロイスリーネ姫と呼ばせていただきますね――ロイスリーネ姫をお見かけしたことがあるんです」

「ライナスと私は『六角亭』で会ったことがあるのね？」

「はい。兄君のヒューバート王子や姉君のリンダローネ姫にもお会いしたことがありますよ。姫はまだとても小さかったので、覚えていないと思いますが。『六角亭』でエプロンを着けた王子や姫たちがちょこちょこ歩き回っていたのを覚えています」

確かに母のローゼリアはお忍びで子どもたちを『六角亭』に連れていっては、社会勉強と称《しょう》して給仕《きゅうじ》の真似事《まねごと》をやらせていた。生まれも育ちも王族であるロイスリーネが『緑葉亭』でウェイトレスとして働くことに抵抗《ていこう》がなかったのも、その時の経験があったからだ。

「ご存じの通り、私は魔力《まりょく》の気配には敏感《びんかん》です。だからこそ魔法使いとして大成したんですけどね。ロウワンで魔法の師匠《ししょう》に弟子入りしてからはそれが顕著《けんちょ》になりました。そんなある日、『六角亭』に来たローゼリア王妃とリンダローネ姫から魔力とはまったく異なる力を感じたんです。言葉にしづらいのですが、自分の知る魔力とはまったく別の力です。でもヒューバート王子からは感じられなかった」

――お兄様には感じなくて、お母様とお姉様にだけ感じる異質の力……？

ロイスリーネは息を呑《の》む。魔力でないのであれば、二人の共通点は――

「ギフト……？」

思わず呟くと、ライナスは微笑みながら頷いた。

「ええ、そうです。だからこれはギフトに由来する力なのだと推測しました。ただ奇妙《きみょう》なことがあって、私がその場で異質な力をもっとも強く感じたのはお二人ではなく、別の人物でした」

言葉を切ると、ライナスはロイスリーネを意味ありげに見つめた。

「そう、ロイスリーネ姫、あなたです」

「……私、ですか?」

「はい。ギフト持ちではないと言われていたあなたに一番強い力を感じたんです。だから私は何か理由があって、ロウワン王家は第二王女のギフトのことを隠《かく》しているんだと考えました」

そこまで言ってライナスは急に情けない表情になった。

「最初に断っておきます。当時、私はまだまだ青二才……というより子どもでしたので、自分の感覚について確信を持ちたい一心で、ついローゼリア王妃に尋ねてしまったんです。『ロイスリーネ姫は、本当はギフト持ちではありませんか?』って」

「えええええ?」

あまりに直球すぎる質問に、ロイスリーネはあんぐりと口を開けてしまった。

——理由があって私がギフト持ちであることを隠しているんだと考えたくせに、なんでズバッと聞いてしまうんでしょうね、この人は!

ロイスリーネはつい額に手を当てながら先を促《うなが》した。

「それで? お母様は何と答えたの?」

「私の不躾《ぶしつけ》な質問に驚いていたようですが、すぐに笑いながらそれは秘密だと言いました。要するに明解な答えを避《さ》けたのですね。ですが、その時にこうも仰《おっしゃ》っていました。『運命があの子の力を必要とするのならば、いつかきっとあなたの知りたいことは明らかになるでしょう』と。それから十年の時を経て、ジークハルト陛下から王妃様のギフトについて打ち明けられた時に、ようやく確信しましたよ。いや〜、長い間の疑問を解決できてよかったです」

明るく笑うライナスを、ロイスリーネは睨《にら》みつける。

「そりゃ、ライナスにとってはよかったかもしれないけど」

「ちなみに、王妃様たちから感じた力は私が勝手に『神力《しんりょく》』と命名しました。ギフトは神からの贈《おく》り物《もの》とされていますからね」

「うん、人の話は聞きましょうね、ライナス」

「そうこう言っているうちに着きましたね」

ライナスの言葉にハッと周囲を見渡せば、もう隠れ家の前まで来ていた。

地下道のある隠れ家は、一見何の変哲のない民家だ。けれど人は住んでおらず、常に無人の状態なのに、空き家として売り出されることもなく、撤去《てっきょ》されることもなかった。

家の戸口に立ち、戸をしげしげと見ながらライナスが言う。

「ふむ、やはり封印の魔法がかかっていますね。普通だったらこの魔法を解除しない限り家の中には入れないはずなのですが……」

「私が家の中に入れなかったことなんて一度もないわよ」

「そうですか。王妃様、申し訳ありませんが、戸を開けてもらってもいいでしょうか？」

「分かったわ」

ロイスリーネが戸口の取っ手に手をかけると、木の扉はいとも簡単に開いた。

「……ふむ」

興味深そうに取っ手を眺めていたライナスだったが、ロイスリーネが木の扉を押して開けると、後に続いて家の中に入る。

入ってすぐの部屋は居間として使われていたのだろう。壁《かべ》には備え付けの棚《たな》があり、部屋の中央には質素な木の机と椅子《いす》が置かれていた。

ロイスリーネは持ってきたランプに火を灯《とも》すと、居間の壁に作られたもう一つの木の扉の前に立って灯りを掲げる。

「地下道に続く扉はこれよ」

「やはり厳重な封印の魔法がかかっていますね。それでは、今度はためしに私が開けてみましょう」

ライナスが手を伸《の》ばして扉の取っ手を握《にぎ》る。けれど、扉はライナスが押そうが引こうがビクともしなかった。

「開きませんね。今度は王妃様が開けてください」

位置を入れ替《か》えてロイスリーネが同じように扉の取っ手に手をかける。すると今度は抵抗なくすんなりと開いた。

扉の向こうに現われたのは石で作られた地下へと通じる長い階段だ。

その後、ロイスリーネはライナスの指示でこの秘密の地下通路に繋がる扉を三回ほど開け閉めさせられた。

「ふむ……非常に興味深いです」

「何か分かりましたか？」

「分かったような……いや、むしろ疑問が増えたような感じです。王妃様は扉を開け閉めして何かを感じたりしませんか？」

「いえ、まったく」

ロイスリーネにとってはただ扉を開けてまた閉めるだけの意味のない作業だ。

「そうですか。結論から言えば、王妃様はやはり無意識のうちにギフトを発動させていますね。扉の取っ手に触《ふ》れるたびに、封印の魔法を無効にしています。無効というより消し飛ばしていますね」

「え？　消し飛ばしているって……取っ手に触れるたびに？」

思わずロイスリーネは右の手のひらをじっと見つめてしまう。けれど、そこに何か特別なものを見いだすことはできなかった。

「ええ、そうです。見事なまでに封印の魔法を消し去っていますね。でもそれより不思議なのが……」

ライナスは何かを言いかけたが、急に口を噤《つぐ》んだ。

「……いえ、これはまだ確証があるわけではないので、引き続き検証していかないといけません。それと、扉に触れるたびに例の『神力』の気配も濃《こ》くなっていました。やはり私の予想通り『神力』とギフトは関連がありそうですね」

「そ、そうなの」

――こっちはこれっぽっちも『神力』とやらを感じないんですけどね！　むしろ、自分が力の片鱗《へんりん》すら感じていないのが怖《こわ》いわ。本当に、私のギフトって一体どうなっているの？

「では王宮に戻りましょう。王妃様、お手数ですが地下道の道案内よろしくお願いします。私にとっては未知なる領域ですから」

「分かったわ。私が先に行くからね。離れちゃダメですからね」

検証を終えた二人はそのまま地下道に入った。

隠れ家から王宮までは三十分ほどかかるが、幸い、ロウワンという共通の話題がある。

ロイスリーネとライナスは懐かしい故郷の話をしながら歩いた。

「お帰りなさいませ、リーネ様。ライナス様」

王宮にあるロイスリーネの寝室《しんしつ》に戻るとエマが二人を出迎える。地下道はロイスリーネの寝室にある大きな鏡と繋がっているのだ。

「ただいま、エマ。何か変わりはなかった？」

エプロンと眼鏡を外しながらロイスリーネは尋ねる。するとエマは嫌《いや》そうに顔をしかめながら答えた。

「先ほどエイベル様がいらして、宰相様からの伝言を残していかれましたわ」

なるほど。ロイスリーネは合点《がてん》がいって、心の中で苦笑を浮かべた。

エマは虫唾《むしず》が走るほど、エイベルを毛嫌《けぎら》いしている。ところがエイベルの方は役目を口実に四六時中ロイスリーネの部屋を訪れては、エマの嫌悪《けんお》に歪《ゆが》む顔を楽しそうに眺めて帰るのだ。

――あれ、絶対にエイベルはエマの反応を喜んでいるわよね。それでますますエマに嫌われて……。なんて一方通行で不毛な関係なのかしら。でもエイベルは楽しそうだし……。ロイスリーネとしても二人をどうすればいいのか分からず、とりあえず見守るしかない状況だ。

「カーティスからの伝言とは何かしら？」

「伝言はライナス様へです。ライナス様、宰相様が報告に立ち寄ってほしいそうです」

「分かりました。エマ嬢。伝言しかと受け取りました」

「そして、先ほど神聖メイナース王国のファミリア大神殿から、教皇様がこのたびの王太子暗殺未遂事件の責任を取って辞《や》めることと、新たな教皇を選ぶため枢機卿たちを招集し近く選出会議を行うと正式な声明が出されたそうです」

「あら、まぁ、やっぱり交代《こうたい》ということになったのね」

予想以上に早かったとは思うが、別に驚くようなことではない。むしろロイスリーネはホッとしたくらいだ。

「これで幕引きを図《はか》って混乱を収めるつもりなのでしょう。何にせよ、この事件の影響《えいきょう》は最小限に収まりそうね」

ここでライナスが口を挟んだ。

「それでは王妃様、宰相様のところへ行かなければならないので、私はここで失礼します」

「今日はありがとう、ライナス。ギフトについて何か分かったら教えてね」

「はい。それでは」

ライナスが優雅《ゆうが》な仕草で礼を取ると同時にその足元に小さな魔法陣《じん》が現《あら》われ、次の瞬間彼の姿はその場から消えていた。きっと宰相の部屋に魔法で移動したのだろう。

「さて、私も着替《きが》えなくては」

「お手伝いします。リーネ様、今日の仕事はいかがでしたか？」

「ふふ、聞いて、エマ。マイクさんとゲールさんがリグイラさんにお客扱いされずに、とうとう掃除《そうじ》を言いつけられてね――」

ロイスリーネは思い出し笑いをしながら、エマに『緑葉亭』での出来事を話し始めるのだった。


ロイスリーネの寝室から魔法で移動したライナスは、ジークハルトの執務室《しつむしつ》に姿を現わした。報告のために彼を呼び出したのはカーティスということになっているが、彼はたいていジークハルトの執務室に詰《つ》めているので、必然的にジークハルトへの報告も兼ねることになる。

「お帰り、ライナス。ご苦労様でした」

大量の書類を手にカーティスはにこやかに挨拶《あいさつ》をする。突然《とつぜん》魔法陣を使って現われたライナスに驚く気配はない。

それも当然だ。自身ではあまり使うことはないものの、王族の血を引くカーティスはかなりの魔法の使い手だ。それこそ王宮魔法使いになっていてもおかしくないほどに。

もっともカーティス自身に魔法使いになるつもりは毛頭なく、彼が魔法を覚えたのはひとえにジークハルトを守るためだったといえる。

麗《うるわ》しいという言葉がぴったりの外見で、物腰《ものごし》も口調も柔《やわ》らかなカーティスだが、中身はかなり腹黒く、彼を御《ぎょ》しやすいと侮《あなど》っていた相手を完膚《かんぷ》なきまでに叩《たた》きのめしたのも一度や二度ではない。

ライナスが敵に回したくない人物の筆頭だ。

「お呼びにより参上いたしました。陛下、宰相殿」

「性急に呼びつけてすまないな、ライナス」

ジークハルトが机の上に大量に積まれた書類の向こうから声をかけてくる。

「いえ、私の方からもご報告に上がるつもりでしたので」

応じながらライナスは執務室に張り巡らされたち密な結界魔法に、心の中で感嘆《かんたん》のため息を漏《も》らした。残念ながらこの結界を張ったのはライナスではない。

——これはカーティス様が作った結界か。まったく、陛下といいカーティス様といいリーナ嬢といい、ルベイラ王族は化け物揃《ぞろ》いですね。

そのルベイラ王族に、新たな化け物クラスの特殊《とくしゅ》能力者が仲間入りしたことをライナスは知っている。改めて間近で見たロイスリーネの『還元』のギフトの異常さを思い出し、ライナスは一瞬身震《みぶる》いした。

「それでどうだった？」

手にした書類から顔を上げて、ジークハルトがライナスに問うてくる。もちろん、尋ねているのはロイスリーネのことだ。

「やはり王妃様はギフトを使っていますね。しかも自覚がない。自然と使っている……いえ、使いこなしていると言ってもいいかもしれません。ただ……」

当《あ》たり障《さわ》りのない報告を口にしながらライナスは迷い、しばしの逡巡《しゅんじゅん》の後、隠しても仕方ないと率直《そっちょく》な意見を述べることにした。

「無礼を承知であえて言います。王妃様の『還元』のギフトは異常です。もうあれはギフトなどと呼べる代物《しろもの》ではないのかもしれません」

「どういうことだ？」

ジークハルトが怪訝《けげん》そうに眉《まゆ》を顰《ひそ》めた。

「王妃様がどのように『還元』のギフトを使って隠し通路に入るのか確かめるために、目の前で何度も出入りを繰《く》り返してもらいました。何度見ても結果は同じ。王妃様は扉の取っ手に触れた瞬間、封印の魔法をまるごと消し飛ばしている――いえ、文字通りただの魔力に『還元』しているのです」

「消し飛ばしている？　つまりそれは、王妃様の出入りした通路は封印の魔法がまったくなくなった状態になるということですか？　それだと防衛上よろしくありませんが……」

眉を上げるカーティスにライナスは首を横に振った。

「いいえ、封印の魔法は正常に動いています。私は当初、王妃様はギフトによって一時的に封印の魔法を無効にして出入りしているのだと考えていましたが、そうではありませんでした。王妃様は触れた瞬間に封印の魔法を『還元』して消し去り、そしてご自身が扉を通り過ぎたと同時に、封印の魔法を再構築させていたのです」

ライナスの言葉にカーティスとジークハルトが顔を見合わせる。

「……再構築、ですか？　ですが王妃様は魔法を使えないはず。そうですよね、陛下？」

「ああ、再構築するということは新たに魔法を敷《し》き直すということだ。だが、ロイスリーネに魔力はあっても魔法はまったく使えなかった。これは確かなことだ」

「だから『還元』のギフトが異常だと言ったんです。まったく魔法を使えない人間が無意識とはいえ、最高難度の魔法を何度も繰り返して再構築するなんてありえません。考えられるのは、王妃様は一度封印の魔法を『還元』して消した後、今度は『還元』したという事実をさらに『還元』させて――つまりなかったことにして巻き戻しているのではないかということです」

「待て、そんなことが可能なのか？」

ライナスの言葉でロイスリーネの『還元』のギフトが予想よりはるかにやっかいなものだとようやく気づいたのだろう。ジークハルトたちの顔は一様に難しい表情になっていた。

「普通なら不可能です。ですが『還元』の性質を考えると、そうとしか思えないのです。さらにもう一つ怖い憶測《おくそく》を述べますと、もしかしたら王妃様は生まれつき常にギフトを発動させていたのかもしれないということです。もちろん無意識に。それならば、王妃様がご自身のギフトにまったく気づかずにいたことへの説明がつきます」

「つまり王妃様は、自分にとって不都合なもの、あるいは危険なものは『還元』し、無害なものであれば再構築させて元通りにしているというのですね？　そして……」

「そして、ロイスリーネにとっては発動しているのが当たり前の状態だからギフトの存在に気づけない。気づく必要がない。そういうことか？」

カーティスの言葉を引《ひ》き継《つ》いだのはジークハルトだった。ライナスは頷く。

「憶測に過ぎませんが、そういう可能性もあると思っております」

「…………」

ジークハルトはおろか、さすがのカーティスも言葉が出ないようだった。

「そもそも『還元』は前例のないギフトです。思い込みで判断せず、あらゆる方向から検証することが必要かと。以上のことを踏《ふ》まえて、今一度確認《かくにん》したいことがあります」

ライナスは背筋を伸ばし、改まった口調で言った。

「陛下。ロウワンの王妃――ローゼリア様はロイスリーネ姫のもう一つのギフト『神々の寵愛』の方を懸念《けねん》しているという話でしたよね？　確かに『神々の寵愛』は世界に影響を与えかねないギフトです。でもそれは果たして真実なのでしょうか？　もしかしたら『神々の寵愛』よりも、『還元』のギフトの方がより重要な懸念だったということはありませんか？　それならば、ローゼリア様が王妃様のギフトを両方ともひた隠しにしたことが説明できます」

『還元』の異常さの片鱗を目にしたからこそのライナスの感想だった。

顎《あご》に手を当てて何事か思案していたジークハルトはふと顔を上げる。

「そういえば、クロイツ派の幹部、デルタとラムダ、それにシグマも『還元』のギフトについてしつこく言及《げんきゅう》していたな。もしかしたら奴《やつ》らの目的は『神々の寵愛』ではなく『還元』のギフトの方だったのかもしれない。あるいは両方か」

ジークハルトの言葉にカーティスも頷いた。

「そうですね。改めて考えるとローゼリア王妃が『神々の寵愛』のギフトへの懸念ばかり口にされていたことで、私たちも知らず知らず固定観念に囚《とら》われていたのかもしれません」

「……ああ。俺もローゼリア王妃がすべてを話したわけではないと感じていたのに、『神々の寵愛』の方に気を取られすぎていて気づけなかった」

カーティスは手にした書類をジークハルトの机にどさっと置くと、ため息まじりに呟いた。

「しかし、こうなってみると、ローゼリア王妃に改めて伺《うかが》ってみたくなりますね。よこしてくれる人物が我々の疑問に対する答えを持っていることを願うばかりです」

「そうだな。いざとなれば魔法通信でローゼリア王妃に改めて尋ねることにしよう。ライナス。君は引き続き、ロイスリーネのギフトの調査を続けて、何かあれば知らせてくれ」

「御意《ぎょい》にございます」

ジークハルトは椅子の背もたれに寄りかかり、盛大《せいだい》なため息をついた。

「しかし、クロイツ派にロイスリーネの『還元』のギフトか。ますます頭の痛い問題が増えていくな。幸い、神聖メイナース王国の問題はなんとか穏便《おんびん》に決着がつきそうだが……」

「そういえば教皇が交代して新しい教皇が選出されることになったとか」

「ああ。正式に公示された。教皇選出に伴い神殿内部では権力闘争《とうそう》が起こるだろうが、こちらにはほとんど影響ないだろう」

この時の言葉を後に訂正《ていせい》せざるを得なくなることを、ジークハルトはまだ知らない。

第三章　お飾り王妃と二人の聖女

神聖メイナース王国で王太子《おうたいし》暗殺未遂《みすい》事件が起こってからちょうど十日目のこと。

『緑葉亭《りょくようてい》』での仕事を終えて部屋で侍女《じじょ》たちと一緒《いっしょ》にくつろいでいたロイスリーネは、ジークハルトに呼ばれて彼の執務室《しつむしつ》に赴《おもむ》き、そこで思いもよらない報告を受ける。

「え？　ルベイラ地区の神殿長《しんでんちょう》が変わる？」

驚《おどろ》くロイスリーネに、ジークハルトは頷《うなず》いた。

「ああ、今の神殿長は枢機卿《すうききょう》だからな。新教皇の選出のために神聖メイナース王国に招集されたんだが、どうも予想より長くあちらに滞在《たいざい》することになったらしい」

「新教皇の選出が難航しそうなのですか？」

ロイスリーネの質問に答えたのはカーティスだった。

「いえ、難航しそうではありますが、神殿長交代《こうたい》の理由は別です。大神官が何人も逮捕《たいほ》されたせいで、ファミリア大神殿で事件の処理にあたる人員が不足しているのだそうですよ。そのため、ジョセフ神殿長は新しい教皇が選出され、新体制が整うまで大神殿に逗留《とうりゅう》して補佐に回ることにしたそうです」

「神殿長はその地区にある神殿を統括《とうかつ》する責任者だからな。長い間留守にするわけにはいかない。そこで新たにルベイラ地区の神殿長が派遣《はけん》されてくることが決まったんだ」

「まぁ、そうだったんですね。ジョセフ神殿長様にはよくしていただいたので、最後にご挨拶《あいさつ》くらいはしたかったのですが……」

ジョセフ神殿長はすでに神聖メイナース王国に出発していたため、それはもう敵《かな》わない。がっかりしていると、ジークハルトが慰《なぐさ》めるような口調で言った。

「ジョセフ神殿長は我が国出身の方だ。彼にとってここは故郷なのだから、今後も顔を合わせる機会はあると思う」

「そう、ですよね。それならよかったです」

また会える可能性があると知って、ロイスリーネは安堵《あんど》の息を吐く。

「それで、新しい神殿長ですが、近日中にルベイラに到着《とうちゃく》する予定です。落ち着いたら王宮にも就任の挨拶にこられると思いますので、その時には王妃《おうひ》様にも出席していただければと思います」

ルベイラにとって重要な人物が赴任《ふにん》の挨拶に来るのであれば、王妃であるロイスリーネも謁見《えっけん》に参加せざるを得ないだろう。

――まぁ、私の仕事といえば陛下《へいか》の隣《となり》で微笑《ほほえ》んでいるだけだから、楽なものだけれど。

「分かりました。予定が分かり次第《しだい》女官長と相談してスケジュールを調整しておきます」

ロイスリーネは鷹揚《おうよう》に応じてから、ふと気になってカーティスに尋《たず》ねる。

「……ところで新しい神殿長はどういう方なのですか？」

「まだ決まったばかりではっきりしてはいませんが、聞いたところによると、四、五年前まではカルケット地区の神殿で祭祀長《さいしちょう》をやっていた方だそうです。そこでの功績が認められ、若くして大神官になり、小さな地区の神殿長に就任したようですね。小さな地区とはいえ、祭祀長からいきなり神殿長を任されるということは、やり手の人物なのでしょう」

祭祀長というのは儀式《ぎしき》を執《と》り行《おこな》う部署の最高責任者だ。神殿長、神官長の次に高い位となっている。

――確かに祭祀長からいきなり神殿長に抜擢《ばってき》されるなんてすごい出世だわ。

「お会いするのが少し楽しみになってきたわ」

興味を引かれてそう言うと、ジークハルトが眉《まゆ》をピクリと上げた。

「あくまで形式的な挨拶を交《か》わすだけだ、ロイスリーネ。王族として一つの宗教に肩入れすることはできないよ」

「もちろん分かっております。一応生まれた時から王族ですから」

六百年前、大陸中を巻き込んだ戦争が拡大して長期化したのは、自分たちの勢力の拡大を図《はか》るため各神殿が権力者たちを煽《あお》ったからだと言われている。

その頃《ころ》は国家と神殿の距離《きょり》が非常に近く、神殿は国の政治に口を出し、王族も神殿の運営や人事に干渉《かんしょう》していた時代で、それが当たり前であった。だからこそ戦乱が拡大してしまったといえる。

その反省から、今では政治と神殿とは適切な距離を取り、互《たが》いに不干渉を貫《つらぬ》くというのが暗黙のルールになっているのだ。

「気にする必要はありませんよ、王妃様。単なる嫉妬《しっと》ですから」

くすりと笑ってカーティスが暴露《ばくろ》すれば、エイベルもうんうんと頷いて同意する。

「神殿長が男で、しかもまだ若くて優秀らしいっていうんで、ジークはちょっと焼きもちを焼いたんだよね」

「まだ見ぬ相手に嫉妬は見苦しいですよ、陛下」

「お、お前ら……」

言いたい放題の二人をジークハルトは睨《にら》みつける。その表情は動かないものの、彼の耳がほんのり赤くなっているのを見て、ロイスリーネはこそばゆくなってしまった。

恋愛《れんあい》事には敏《さと》くないロイスリーネだってさすがに分かる。

——私が「会ってみたい」って言ったから？　だから焼きもちを焼いたの？

そう思ったらなんだか恥《は》ずかしくなって、ロイスリーネは視線を泳がせた。気のせいだろうか、頬《ほお》が妙《みょう》に熱い。

「リーネ様。顔が赤いですよ」

エマが小声で指摘《してき》する。けれど、ジークハルトの机の周囲に集まっている状態なのだ。

他の三人に聞こえないわけはない。

男性三人の視線が一斉《いっせい》に注がれ、ロイスリーネの羞恥心《しゅうちしん》は最高潮に達した。

「あ、あの、謁見の件、了解《りょうかい》しました！　詳《くわ》しいことが分かったら教えてくださいませ。

それでは私はこれで失礼しますっ。さ、部屋に帰りますよ、エマ」

ロイスリーネは逃亡《とうぼう》することにした。……いや、戦略的撤退《てったい》である。

「え？　リーネ様。お待ちください！」

エマの焦《あせ》った声を背に、ロイスリーネは執務室を逃《に》げ出《だ》した。

もちろん、ジークハルトの反応など怖《こわ》くて見られない。そのため、耳だけではなく珍し
く頬まで赤く染まった貴重なジークハルトの様子を見ることはできなかった。エイベルと
カーティスがこんな会話を交わしていたことも、ロイスリーネには知る由《よし》もない。

「あれ、これって脈あり？」

ジークハルトに聞こえないようにエイベルが小声でカーティスに尋ねる。

「そのようですね。ですが、残念なことに陛下はそれどころではないみたいですし、周り
が指摘するようなことでもありません。私たちは何も言わずに見守りましょう」

カーティスは訳知り顔で微笑むのだった。

次の日の朝、ダイニングルームに現われたロイスリーネは、半日かけて平常心を取り戻《もど》していつもの「王妃の微笑《びしょう》」を浮《う》かべる。

――考えてみたら陛下は嫉妬しているなんて言ってなかったのに。耳が赤かったのもからかわれていたたまれなくなっただけなのよ。自意識過剰《かじょう》な自分が恥ずかしい……！

一方、ジークハルトはジークハルトでロイスリーネの戦略的撤退を別の方向に勘違《かんちが》いし、悩《なや》んだ挙句になかったことにした。もしロイスリーネに聞かれたら「嫉妬したのではない」と答えようとまで考えていた。

だが、従者たちはもちろんロイスリーネも何も言わなかったので、表面上あの出来事は「何もなかった」ことになってしまう。

こうして二人の仲は一進一退のまま、新しい神殿長との謁見の日を迎《むか》えた。

王宮の長い廊下《ろうか》をたくさんの侍女や護衛兵に守られながら、ロイスリーネは謁見の間に向かう。

「王妃様、新しい神殿長と聖女様はもう控《ひか》えの間《ま》に入ったそうです。少し急ぎましょう」

部下の女官から報告を受け取った女官長が、ロイスリーネの横にスッと並び、小声で促《うなが》した。

「分かったわ」

ロイスリーネは歩みを速くする。けれど決して急いでいるようには見えない絶妙《ぜつみょう》な速度で。これも王妃には必須《ひっす》のスキルである。

――まったく、今朝「あと数時間後に謁見がある」と言われて、支度《したく》する私や侍女たちがどれほど大変だったことか。

そうなのだ。王太子暗殺未遂事件が起こってから半月、ルベイラの神殿長が交代すると聞いてからはまだ四日しか経《た》っていないのだ。

赴任して落ち着くまで新しい神殿長は王宮へ挨拶には来ないと踏《ふ》んでいたのに、予想に反して彼らは王都に到着した次の日にすぐ謁見を求めてきたのである。

――王家に忠誠心がある、と言えば聞こえはいいけれど……なんか強引《ごういん》じゃないかしら。神殿長だからって最優先で謁見してもらえると考えたとか？

そんなことを思ってしまい、会う前から新しい神殿長への心証はすでにマイナスである。

――いきなり決まったものだから、スケジュールの調整をしなければならなかったんだからね？　陛下だってそうよ。

謁見の予定の変更《へんこう》を知らせるためにエイベルが関係部署を走り回っていたのをロイスリ

ーネは知っている。

それもこれもすべて、最優先で謁見を望んだ新しい神殿長のせいである。さらに腹が立つのが――。

「なあんで、謁見に聖女を連れてくるかな」

ボソッとロイスリーネは呟《つぶや》いた。近くにいるエマと女官長には聞こえたかもしれないが、二人は何も言わないでくれる。

新しい神殿長は赴任元から一人の聖女を伴《ともな》ってルベイラにやってきたのだという。

それ自体は別に珍《めずら》しいことではない。ギフトを持つ聖女本人が望めばという前提だが、大神殿の許可さえ出れば赴任先にも連れていけるのだ。

現に前任のジョセフ神殿長は『過去見』のギフトを持つマイラという聖女を伴って神聖メイナース王国のファミリア大神殿に行っている。

もっともジョセフ前神殿長の場合は、暗殺未遂事件の解明に、マイラのギフトが必要になるかもしれないとの判断があってのことだろう。

ちなみにマイラのギフトとは、物に触《ふ》れるだけで関連する過去の光景を視《み》ることができるというものだ。たとえば暗殺に使われた凶器《きょうき》を手にするだけで、凶行《きょうこう》が行われた時の状況を知ることができるだろう。

――ジョセフ神殿長がマイラを連れていくのは理解できるし理にかなっている。でも、新しい神殿長が謁見の場に聖女を連れてくる理由はさっぱり分からないわ。

聖女は神殿にとってとても大切な存在だ。神殿が彼女たちを庇護《ひご》下に置くのは、ギフトの力が欲しいからだけではなく、聖女たちを悪用しようとする魔《ま》の手から彼女たちを守るという意味合いもあるためだ。

特にクロイツ派は聖女や魔女《まじょ》の命を執拗《しつよう》に狙《ねら》っていて、隙《すき》あらば攫《さら》おうとしている。そのため、保護された聖女たちは神殿の奥で生活し、めったに人前には現われないのだ。

――それなのに、大勢の人がいる謁見の場に聖女を連れてくるなんて、何を考えているのかしら？

先が思いやられると考えながら急いで謁見の間に向かうと、王族専用の控え室にはもうジークハルトが来ていた。

「遅れて申し訳ありません、陛下」

「いや、遅れてなどいないから大丈夫《だいじょうぶ》だ。もし遅れたとしても待たせておけばいいだけだ。さぁ、行こうかロイスリーネ」

「はい」

差し出された手のひらに指を預けると、二人はゆっくり歩き始めた。

「国王陛下、ならびに王妃陛下の入場です」

ジークハルトにエスコートされて謁見の間に入ると、緊急《きんきゅう》に集められたにもかかわらず、意外なほど人が集まっていた。普段《ふだん》王宮に勤めている大臣たちはともかく、女性の姿もちらほらと見える。

その中にはタリス公爵家《こうしゃくけ》の令嬢《れいじょう》、リリーナの姿もあった。

「ご婦人方も呼んだのですか？」

周囲に聞こえないように小声で尋ねると、ジークハルトは頷いた。

「新しい神殿長が、男性ばかりの謁見だと聖女が怯《おび》えるかもしれないので、できたら女性にも参加してもらいたいと言うんでな。今朝方、慌《あわ》てて各家に声をかけたんだ」

表情はいつものように平坦《へいたん》だが、不機嫌《ふきげん》そうな声を聞けばジークハルトの気持ちは手に取るように分かった。

――聖女が怯える？　だったら連れてこなければいいのに。

どうも新しい神殿長には親しみを覚えるどころか、やっかいな予感しかない。

――何かトラブルを起こさないといいのだけれど。

そう思いながらジークハルトと並んで玉座に座り、謁見が始まるのを待つ。しばらくすると、重厚《じゅうこう》な正面玄関《げんかん》から兵士の口上が轟《とどろ》いた。

「ファミリア神殿のガイウス・エステラーダ大神官、および聖女イレーナ様が入場されます」

扉《とびら》が開かれ、人々の注目が集まる中、一組の男女が入ってきた。

「まぁ……」

謁見の間に驚きと感嘆《かんたん》のため息がさざ波のように広がっていく。

ざわめきの中、二人は絨毯《じゅうたん》の上をゆっくりと、けれど堂々とした様子で入ってきた。

男の方はファミリア神殿の関係者だとすぐ分かるように、白い生地《きじ》に金糸の刺繍《ししゅう》で縁《ふち》どられた神官服を身に着けている。

一方、女性の方は、白くてゆったりとした長衣《ながぎぬ》に、細い金色のベルトを腰《こし》に巻いていた。母方の親類が何人かファミリ神殿の聖女をしているので、ロイスリーネは彼女の服が聖女に与《あた》えられている服だということはすぐに分かった。

──この二人が新しい神殿長と聖女……。想像していたより若いわ。

神殿長は三十歳くらいだろうか。中肉中背で、こげ茶色の巻き毛に、青い瞳《ひとみ》を持つ、端《たん》正《せい》な顔だちというより男らしい容貌《ようぼう》をしていた。

彼は一挙手一投足を大勢に見られているのに、聖女を伴って気おくれすることなく堂々と玉座に向かって歩いてくる。その様子は自信にあふれていて、謁見の間にいる人々の──特に女性の目を釘付《くぎづ》けにしていた。

女性の目を集めているのが神殿長であるのなら、男性の目を引いているのは間違いなく彼の隣で歩いている聖女だ。

聖女はとても美しい女性だった。年齢《ねんれい》は二十代半ばほどだろうか。若草色の瞳と、綺麗《きれい》に編み込まれた長い銅色の髪《かみ》が印象的だ。

白い聖女の服と相まって清楚《せいそ》な印象を受けるが、ゆったりとした衣越《ころもご》しなのにしっかり出るところは出ているとよく分かる着方をしているせいで、妙な色気も醸《かも》し出している。

——あ、これ、わざとだわ。ベルトの位置を調整してわざと自分のプロポーションを見せつけているのね。

ロイスリーネはピンときてしまった。おそらく謁見の間にいる女性陣《じん》もみんな気づいたはずだ。けれど悲しいことに男性はまったく気づきもせず、聖女の顔と艶《なまめ》かしい身体《からだ》のラインにぽーっとなっている。

——まぁ、男が全員そうかといえば違《ちが》うけど。

ちらりと横目で窺《うかが》うと、ジークハルトは無表情ながらもうんざりしたような雰囲気《ふんいき》を漂《ただよ》わせている。ジークハルトの斜《なな》め後ろに控えるカーティスも、微笑は浮かべているものの、二人を見る目は冷ややかだ。

エイベルに至っては彼らに関心がないらしく、まったく違う方向に視線を向けていた。

そう。主にロイスリーネの斜め後ろに控えているエマに。

もはや通常運転と言うべき彼らの様子に、ロイスリーネはなぜかホッとするのだった。

視線を前に戻すと、神殿長と聖女が玉座のすぐ近くまで来ていた。だから気づけたのだろう。ジークハルトの顔にじっと視線をそそぐ聖女の様子に。

二人は足を止めると、まずはガイウス神殿長が頭を下げながら口を開いた。

「偉大《いだい》なるルベイラの国王陛下、王妃陛下。お会いできる機会を与えてくださり、ありがとうございます。このたびファミリア神殿の神殿長として赴任してまいりましたガイウス・エステラーダと申します。こちらは聖女のイレーナです」

「初めまして、イレーナと申します。国王陛下にお会いできて大変光栄にございます」

淑女の礼《カーテシー》を知らないらしく、イレーナはスカートを摘《つ》まんでちょこんと腰と頭を落としただけの、礼とはとても言えない仕草をした後、すぐに顔を上げてじっとジークハルトを見つめた。

彼女の目には隣にいるロイスリーネは映っていない。というか眼中にないようだ。

——挨拶だって陛下にだけだったわよね？　……あれ？　何かすごく嫌《いや》な予感が……。

ロイスリーネの胸にじわりと不快なものが広がっていく。

「ようこそルベイラへ。ガイウス神殿長、聖女イレーナ。あなた方を歓迎《かんげい》しよう。赴任したばかりで色々と大変だろうが、立派にジョセフ前神殿長の代わりを務めてくれると信じている」

ジークハルトが淡々《たんたん》と挨拶に応じる。

「もちろんでございます、陛下」

「ところで聖女イレーナ。あなたはどのようなギフトをお持ちなのでしょうか？」

「王妃の微笑」を顔に貼《は》りつけて、ロイスリーネが聖女に言葉をかける。本当は声などかけたくないが、これは予定されている質問なので飛ばすわけにはいかないのだ。

――誰《だれ》よ、聖女だから同じ女性が質問した方がいいと言い出した奴《やつ》は！

この質問でようやくイレーナの視線がロイスリーネに向けられた。イレーナは上から下までロイスリーネの全身にくまなく目線を走らせると、勝《か》ち誇《ほこ》ったように笑う。

ちなみにこの不躾《ぶしつけ》な態度に気づいたのは玉座にほど近い距離にいる人間だけで、謁見の間にいる臣下たちには見えていない。

――清楚が聞いて呆《あき》れるわ！　この聖女、絶対性格悪い！

「私は『解呪《かいじゅ》』のギフトを持っております、王妃様。もし王妃様が呪《のろ》われた際には、私が『解呪』いたしますので、遠慮《えんりょ》なく仰《おっしゃ》ってくださいませ」

声にも態度にもロイスリーネをバカにしたような響《ひび》きがある。けれどロイスリーネはイレーナの発言の方に気を取られていた。

「解呪？」

聞き慣れた言葉にロイスリーネの眉が上がる。

『解呪』のギフト。それはロイスリーネの母親であるローゼリア王妃も持つギフトだ。

「あまり聞き慣れないギフトですので、ご存じない方も多いと思います。『解呪』のギフトというのはですね。呪いであればそれがなんであれ――」

得意げに説明し始めるイレーナを遮《さえぎ》るように、ロイスリーネは声を上げた。

「いえ『解呪』のギフトのことはよく知っているわ。私の母である、ロウワンの王妃も『解呪』のギフト持ちですから」

「王妃様の母君が？」

そのことを知らなかったのだろう。神殿長とイレーナが驚いたように目を見張る。

一体何を驚くことがあるのか。その反応にこちらの方が戸惑《とまど》っていると、ガイウス神殿長がゴホンと咳払《せきばら》いをした。

「失礼致しました。王妃陛下のお母君が『解呪』のギフトをお持ちとは存じませんで」

「仮にも『解呪』のギフトを持っている聖女であるなら聞いたことがあるだろう。王妃の母君は『解呪の魔女』と呼ばれる高名な方だ」

ジークハルトが冷ややかな口調で付け加えると、ガイウス神殿長が慌てたように言った。

「ええ、ええ、もちろん『解呪の魔女』殿《どの》の噂《うわさ》は存じております。歴代の『解呪』のギフト持ちの中で最強だと言われている方ですから。聖女イレーナも少しでも『解呪の魔女』殿に近づけるように日々努力をしております」

ガイウス神殿長があたふたと釈明《しゃくめい》する間、当の聖女イレーナは熱を帯びた目でただひたすらジークハルトを見つめるだけだった。

短い謁見が終わり、ガイウス神殿長と聖女イレーナが扉から出ていくと、ジークハルトが小声でカーティスに尋ねる。

「カーティス、お前はあの二人をどう思う？」

するとカーティスはいつもの微笑を消して言った。

「忌憚《きたん》なく言わせていただけば、うさんくさいですね。全体的に信用ならない印象を受けました。あまり関わり合いにならない方がいいかもしれません」

ロイスリーネも同意見だが、謁見の間にいる人々の反応を見るにそう感じている者は少なく、新しい神殿長と聖女に対する印象はおおむね悪くないようだ。

「まだお若いのに神殿長を務められるなんて、かなり優秀なのでしょうね」

「あの方の説教なら聞いてみたいですわ。今度神殿にお祈《いの》りに行きませんこと？」

「美しい聖女様だったな。いやぁ、眼福眼福」

「聖女様ということはあまり表に出られないのだろうな。あの美貌《びぼう》なのに、もったいない」

耳に飛び込んでくる会話は、彼らに好意的なものが多い。もちろん例外もあるが。

「ふん、謁見の場を利用して自分たちを売り込もうとしているんだろうな。私はああいう手合いは好かない。今後ファミリア神殿との付き合いも考え直さなければ」

そう言っているのはタリス公爵だ。娘《むすめ》のリリーナも同意とばかりに頷いている。

「男性ばかりだと聖女様が怖がるから、などと言って女性を集めさせたのも、ガイウス様がご自分の外見を見せつけて貴族女性に売り込みたいがためだったんでしょうね。聖女様は聖女様で態度が悪かったし、近づかない方がいいと思いますわよ、お父様」

どうやらタリス公爵やリリーナも玉座に近い位置にいたので、イレーナのあの不遜《ふそん》な態度がよく見えたらしい。

「陛下。あの聖女に気をつけてください。どうやら魔法使《まほうつか》いのようです」

いつの間にか玉座のすぐ後ろにいたライナスが小声で言った。

「陛下や周囲に向けて魔法を放とうとしておりました。形跡《けいせき》を消して分からないようにしておりましたが、おそらく魅了《みりょう》や魅惑《みわく》といった精神に作用する魔法です」

「なんですって？」

ロイスリーネは息を吞《の》む。まさか公衆の面前でジークハルトに向けて魔法を放っていたとは夢にも思わなかった。

「大問題じゃないか、それ！」

エイベルもぎょっと目を剝《む》く。

「ご安心を。陛下は魔力《まりょく》値が高いので精神に作用する魔法は効きにくいですし、何より私が作ったピアスにはああいった手合いの魔法を防ぐ機能をつけてあります。それに

――」

　ライナスは急ににやりと笑った。

「聖女が魔法を放っても片っ端《かたっぱし》から王妃様が『還元《かんげん》』のギフトで無効にしまくっていたので、何の問題もありませんでした」

「え……？」

　あんぐりと口を開ける。どうやら無意識の間にまたやらかしていたらしい。

「残念ながら王妃様から遠く離《はな》れた位置にいた貴族たちには多少効いてしまっているかもしれませんが、たいしたことはないのですぐに影響《えいきょう》から抜《ぬ》けられるでしょう」

　――もしかして、貴族たちがガイウス神殿長たちに妙に好意的だったのは、聖女イレーナが放った魅了の魔法のせい？

「それともう一つ。私の目に彼女は聖女には見えませんでした。魔法使いなのは確かでしょうけど、彼女からは一切《いっさい》の『神力《しんりょく》』を感じられません」

「それって――」

「はい。まだ断言はできませんが、おそらく聖女イレーネは本当の聖女ではなく、カ、カタリだと思われます」

　カタリというのはギフト持ちであると嘘《うそ》を騙《かた》る者のことを指す。

　時としてギフトは魔法と区別がつきにくく、また目に見えてギフト持ちであるという証拠《しょうこ》があるわけではないので、時々こういった「聖女である」と騙る者が出てくるのだ。

ギフト持ちであることを証明する方法はただ一つで、『鑑定《かんてい》』のギフトを持つ聖女か魔女に視てもらうしかない。ただその『鑑定』のギフトもカタリではないという保証はなく、ギフトというのは実のところあやふやな証明の上に成り立っているのであった。

「聖女イレーナがカタリだとすると、彼女を連れてきたガイウス神殿長は……」

ジークハルトが眉を寄せて呟くと、カーティスがその後に続く言葉を引き継《つ》いだ。

「おそらくグルでしょう。王妃様のお母君が『解呪の魔女』だと知ってガイウス神殿長が妙に慌てていたのも、それで説明がつきます。本物を見ている相手に下手を打ったら、自分たちの嘘がバレるかもしれないと思ったのでしょう。現に聖女イレーナは王妃様の発言以降、まったく言葉を発しなくなりました」

たしかに、ガイウス神殿長はギフトの話題から急に当《あ》たり障《さわ》りのない方向に話題を変えると、早々に引き上げていった。

「カーティス、あの二人を徹底的《てっていてき》に洗ってくれ。相手は曲がりなりにも神殿に認められた聖女だからな。証拠がなければ糾弾《きゅうだん》はできない」

「御意《ぎょい》」

「神殿長と聖女に会う機会はほとんどないと思うが、ロイスリーネは極力ファミリア神殿には近づかないようにしてくれ」

言われなくともあの二人に近づきたいとは思わない。

――でも、あっちから近づいてきた時には？

イレーナが熱を帯びた目でジークハルトを見つめていたことを思い出し、ロイスリーネは胸騒《むなさわ》ぎがしてならなかった。

嫌な予感というのは当たるものだ。

あれこれと理由をつけて、聖女イレーナが王宮を頻繁《ひんぱん》に訪《おとず》れるようになった。そして偶《ぐう》然《ぜん》を装《よそお》ってジークハルトに近づくのだ。

『陛下、またお会いできましたね』

『まぁ、陛下。王宮の花が見事だと花見に誘《さそ》われましたの。偶然とはいえ陛下にこうして巡《めぐ》り合《あ》えるとは、まさしく運命だと思いませんこと？』

『会食に参加させていただくことになりました。陛下とこうして同じ席につけるとは光栄なことでございます』

相手は聖女なので邪険《じゃけん》にすることも無理矢理排除《はいじょ》することもできず、ジークハルトもその周辺も、すっかり困り果てていた。

「もう、一体何なのでしょうね、あの聖女様は！」

ロイスリーネ付きの侍女がプリプリと怒《おこ》っている。怒っているのは彼女だけでなく他の侍女も一緒だ。

「ついこの間も、陛下の視察先に現われて、散々つきまとっていたそうです。陛下は聖女が来るようなところではないから帰るように仰ったのに、無視して居座《いすわ》っていたとか」

このところ、侍女たちの話題はもっぱら聖女イレーナへの不満や愚痴《ぐち》だ。

イレーナは見目も良く、聖女という尊敬される立場ではあるものの、ジークハルト狙いであるのは誰が見ても分かるし、妻がいる男性を大っぴらに追いかけているので、王宮の女性の間では毛虫のごとく嫌《きら》われていた。

一方で男性には好かれているようで、彼女に声をかけられたり、何か頼《たの》まれたりした男性はつい言うことを聞いてしまうらしい。鼻の下を伸ばしながら。

おかげで日ごと侍女たちの不満はエスカレートしていく。しかも「うんうん」と同意する相手がいるのだ。

「王宮での混乱ぶりは私もお父様やお兄様から伺《うかが》っているので知っていますわ。あの女《め》狐《ぎつね》……じゃなかった、聖女イレーネのせいで陛下の仕事の効率は悪くなるし、王宮に来るたびに周囲は気を使わなければならないから、もう大変なのですって」

お茶を飲みながら侍女たちに交じって話しているのは、タリス公爵家の令嬢リリーナだ。彼女はすっかりロイスリーネと仲良くなり、よく部屋に遊びに来ている。溌剌《はつらつ》とした美人で、血統も身分も申し分ない女性だ。

そんなリリーナだが、実は匿名《とくめい》で小説家をしていて、ロイスリーネとエマが大好きな『ミス・アメリアの事件簿《じけんぼ》』シリーズは彼女の手によるものだった。

「お父様が一番頭を悩ませている問題は警備上のことですわね。何しろあっちは聖女様ですから、神官やお付きの巫女《みこ》やら、神殿所属の騎士やらをこれでもかと引き連れているんだそうです。その状態で王宮を闊歩《かっぽ》し、本宮にまで出入りしているんですもの、こちら側の警備も何もあったものではないわ。実際、警備兵としょっちゅう言い争いになっているそうですの」

「あ、それは私も警備兵をしている兄から聞きました。けが人は出ていないものの、いつ衝突《しょうとつ》してもおかしくないと兄は言っております」

すっかりジェシー人形のドレス担当侍女となっているカテリナがおっとりした口調で言った。

「でしょう？　お父様も頭を痛めていて、大法官府の長としてさすがに放置できないとファミリア神殿に聖女を王宮によこさないように要請《ようせい》したのですけど……全然改善する気配がないのだそうです。用がないなら王宮に入れないように手配しても、大臣方や高位貴族の方が理由をつけてはほいほい入れてしまうんですもの。困ったものだわ」

困ったものだと言いながら、ロイスリーネはリリーナがこの事態を面白がっていることに気づいていた。

――リリーナ様のことだから、小説のネタになるとでも思っているのでしょうね。

いつも話のネタを探しているリリーナは、面白いことが起こっていると見るや、顔を突《つ》っ込まずにはいられないのだ。

「不思議ですわ。なぜ高位の貴族ともあろう方々が、ファミリア神殿のいち聖女に肩入《かたい》れするんでしょうか。聖女様が美人だから？　それとも神殿との癒着《ゆちゃく》でしょうか？」

一人の侍女がふと表情を曇《くも》らせる。リリーナはいいえ、と首を振《ふ》った。

「美人だからというのもあるかもしれないけれど、主な理由は違いますわ。彼女が『解呪』のギフト持ちだからでしょうね。何かあった時のために恩を売っておきたいのでしょう。……絶対無理なのにね」

リリーナはイレーナが偽《にせ》聖女であり、何のギフトも持っていないことを知らされているからこその発言だった。けれど、イレーナがカタリであることはごく一部の人間しか知らない。偽聖女だと騒げば、ファミリア神殿と王宮の間に亀裂《きれつ》が生じてしまう。

――かと言ってどうしたらいいものやら。

ロイスリーネが眉間《みけん》を寄せて考えていると、急にリリーナがこんなことを言い出した。

「大丈夫ですわ、王妃様。陛下が聖女イレーネになびくことなどありえませんから」

ぎょっとしたものの、ロイスリーネはティーカップを手に平静を装う。

「心配はしておりませんわ、リリーナ様。陛下を信じておりますから」

――そうよ、心配なんてしていない。確かにイレーナは美人だけれど、陛下の方がもっと美人だし、何より陛下は彼女が偽聖女であることをご存じだもの。なびくわけがないわ。

……そう思っているし信じてもいるのに、ロイスリーネの胸の中は謁見の日以降晴れることがなかった。ずっとモヤモヤしているし、イレーナに対する不快感が薄《うす》まることもない。イレーナのことを思い出すたびにイライラしてくる。いや、ムカムカしてくる。

――身体を動かせば少し気が紛《まぎ》れるかしら？

ロイスリーネはカップをテーブルに置き、ソファから立ち上がった。

「私はそろそろ『緑葉亭』に行ってきます。リリーナ様、あとは頼んでもよろしいですか？」

『緑葉亭』に働きに出ている間、いつもロイスリーネの代役をするのはジェシー人形なのだが、リリーナもライナスの作った変身用の魔具《まぐ》を持っているので、ロイスリーネに化けることができる。

「もちろんですわ。しっかり代役は務めますのでご心配なさらないで」

リリーナは自分の右側の耳に着けられた小さなピアスを指しながら片目をパチッとつぶ

った。

「もし聖女イレーナがここに乗り込んでくるようなことがあれば、返《かえ》り討《う》ちにしてやりますから」

「……お手柔《やわ》らかにお願いします」

冗談《じょうだん》だろうけど、リリーナだったら本気で聖女を言葉（という武器）でズタボロにしかねない。

——私の姿をしている時はやめてと切にお願いしたい……！

一抹《いちまつ》の不安を覚えつつ、ロイスリーネはシンプルなワンピースを身に着け、髪をおさげに結《ゆ》ってもらった。これで眼鏡をかければ『緑葉亭』の看板娘リーネのできあがりだ。

「じゃあ、行ってまいります。あとは頼みましたリリーナ様、エマ」

「おまかせくださいませ、王妃様」

リリーナやエマ、それに侍女たちの声に見送られながら、ロイスリーネは『緑葉亭』に向けて出発した。

——身体を動かせばこの胸のもやもやも消えるわよね？

そう思っていたのだが、忙《いそが》しく立ち働いてもちっとも晴れない。

しかもいつものように笑顔《えがお》で給仕《きゅうじ》しているつもりなのに、常連客のマイクにまで指摘されてしまった。

「あの、リーネちゃん、何か怒ってる……？」

「何も怒ってなどいませんよぅ？」

恐《おそ》る恐る尋ねてくるマイクにロイスリーネは笑って答えたつもりだが、なぜか彼は恐れをなしたように身震《みぶる》いした。

「い、いや、絶対怒ってる。俺には分かる……！」

――怒ってないと言ったのに……解《げ》せぬ！

けれどマイクだけではなく、他の常連客にも言われてしまった。

「今日のリーネちゃんの笑顔は圧がすごいね。機嫌《きげん》悪い？」

「誰だ、リーネちゃんを怒らせたのは。もしかしてカイン坊《ぼう》やか？」

「しっ、察してやんなよ、リーネちゃんもお年頃《としごろ》なんだよ」

お年頃ってなんだと思いながら、ロイスリーネは首を傾《かし》げるしかなかった。もやもやしていても、特に誰かに対して怒っているつもりはないのに、なぜか皆《みな》が一様に笑顔が怖いと言ってくるのだ。

しまいにはリグイラにまで言われてしまった。

「リーネ、お客を怯えさせないでおくれ」

「怯えさせているつもりはないのですが……」

「あんたはちょっと休んだ方がいい。ちょうど調味料の在庫が少なくなってきているんだ。

店もピークは過ぎたし、買い出しに行くついでに頭を冷やしてきな。今日もライナスが迎えに来るんだろう？　それまでに帰ってくればいい」

そうしてロイスリーネは有無《うむ》を言わせず、店の外に放り出されてしまったのだった。

「忙しく身体を動かしたら少しは気持ちも晴れると思ったのに、全然だめだった……」

籠《かご》を腕《うで》にぶら下げて、ロイスリーネはとぼとぼと商店街に向かう。

いつもなら『緑葉亭』で働いている間は嫌なことを忘れられるのに、ふとした瞬間《しゅんかん》にジークハルトとイレーナのことを思い出してしまうのだ。そのたびに胸の奥に不快感が溜《た》まっていく。何か黒いものがグルグルととぐろを巻いて固まっていくような、そんな感覚さえ抱《いだ》いてしまう。

どうしてだろう。いつもはこんなことはないのに。

歩きながらロイスリーネはポツリと呟いた。

「……カインさんと全然会ってないな。会いたいな……」

黒髪《くろかみ》の軍服姿の男性の笑顔が脳裏《のうり》をよぎった。

カインが『緑葉亭』に来られないのは仕方のないことだ。ジークハルトがカインになるためには、従者のエイベルを魔道具を使って『陛下』に変身させて代役をさせる必要がある。けれど、いつイレーナがやってくるか分からない状況ではそれができなかった。

イレーナは魔法使いだ。魔道具の魔力に気づかれてしまう可能性がある。

だからカインと会えないのは仕方ない。仕方ないのだが……。

——もう久しくあの笑顔を見ていない。あの笑顔を見れば安心できるのに。……私だって心から笑えるのに。

ぐっと唇《くちびる》を噛《か》みしめると、ロイスリーネは用事を済ませるために足早になった。

商店街にたどり着くと、指定された調味料を無事購入《こうにゅう》する。本来であればこのまま店に戻るところだが、今日はなぜかまっすぐ帰る気になれず、遠回りをすることにした。

——リグイラさんも頭冷やしてこいって言ってたし。花でも見れば気が紛れるかもしれない。

商店街の外れにある空き地に、町の人が手入れをしている花壇《かだん》があることを知っていたので、ロイスリーネの足は自然とそちらへと向かった。

空き地は腰まである生垣《いけがき》でぐるりと三方を囲まれていた。生垣の内部に足を踏み入れると、手入れされた花壇があり、色とりどりの花が植えられている。ちょうど誰もおらず、花を鑑賞《かんしょう》しているのはロイスリーネ一人だけのようだ。

町人たちは自分の好きな花を持ち寄って植えているのだろう。規則性のない花が適当な場所に植えられているのに、それがかえって目を楽しませる結果になっている。

——なんか和《なご》むわね。王宮の庭はどこも綺麗に整っているけれど、逆に綺麗すぎるから。

そんなことを思いながら一通り散策し、生垣から出ようとしたところで、誰かが走り込んできてロイスリーネの横を通り過ぎ、生垣の隙間《すきま》に潜《もぐ》り込んだ。

「え？　なに？」

あっけに取られていたロイスリーネだったが、何事かと思い近づいて見ると――小柄《こがら》な女性が生垣の中にうずくまってプルプルと震えていた。

声をかけようか迷っていると、ロイスリーネの耳に複数の足音と声が飛び込んでくる。

「こっちに行ったぞ！」

「捜《さが》せ！」

――もしかしてこの子、追われているの？

でもこれではすぐに見つかってしまうだろう。何しろ入りきらずに服の一部が生垣から覗《のぞ》いているからだ。

ロイスリーネはとっさに女性が隠《かく》れている生垣の前に立ち、小声で話しかける。

「いい？　絶対声を出さないで！」

女性がコクンと頷くのを確かめて、ロイスリーネは自分の身体で彼女を覆《おお》い隠すと生垣の手入れをしているふりをした。買い物籠に毟《むし》った葉を入れればそれっぽく見えるはずだ。

――手入れをしている町人の皆さん、ごめんなさい。

心の中で謝罪しているうちに複数の足音がどんどん近づいてきて、やがて四人の男がバタバタと走ってきた。

いずれも若い男だ。服装はごくごく普通《ふつう》の町人が着るような服だが、ロイスリーネはなぜか男たちに言いようのない違和感《いわかん》を覚える。

男の中の一人がロイスリーネの姿に気づき、声をかけた。

「申し訳ないですが、ほんの少し前、ここを小柄な女性が通り過ぎませんでしたか？」

ロイスリーネは戸惑ったような表情を作りながら、男の方に顔を向けると首をことんと傾げた。

「小柄な女性ですか？　生垣の手入れをしていたので、ちゃんと見ていませんでしたが……そういえばさっき誰かがあちらの方に走っていったような？」

適当な方角を指さすと、男の一人が言った。

「ありがとう。作業の邪魔《じゃま》をして申し訳ない」

「いいえ、とんでもない」

にっこりと笑って生垣に視線を戻すと、男たちは「あっちだ」と言いながら走り去っていく。どうやら気づかれずに済んだようだ。

男たちが完全に姿を消すと、ロイスリーネは後ろに下がって声をかけた。

「もう大丈夫よ。彼らは全然違う方向に行ったから」

「……あ、ありがとう、ございます」

震えるようなか細い声がして、生垣の中から女性が這《は》い出《で》てくる。立ち上がった女性はまだ怯えていたが、ロイスリーネを見る目に恐怖《きょうふ》はなかった。

「助かり……ました……。追いかけられて……殺されるかと……」

「殺される……？」

何やら物騒《ぶっそう》な言葉が聞こえてきた。だが、ロイスリーネには彼女が大げさに言っているのではないという妙な確信があった。

——あの男たち、違和感あるなと思ったら……身体つきや動きが訓練された人のように見えたからだわ。絶対にただの町人じゃない。

その普通じゃない男たちに追いかけられていたこの女性は、一体？

ロイスリーネは女性を上から下までじっと見つめた。

歳《とし》はロイスリーネより少し下だろうか。身に着けているのは白い飾り気のないワンピースだ。淡《あわ》い茶色——あえて表現するのならミルクティー色をした髪はふわふわで、背中の真ん中まで流れている。今は残念ながら生垣の中に潜り込んだため、葉っぱや小枝が絡《から》みついてしまっているが、手入れをしたらとても綺麗に広がるだろう。

怯えと恐怖に曇っているものの、大きな水色の瞳は透《す》き通《とお》ったアクアマリンのようだ。まつ毛は長く、顔だちも可愛《かわい》らしい。全体的にどこか庇護欲をそそる容姿をしている少女だった。

——庇護欲というか、ぶるぶる震えた姿は小動物みたいで可愛い。

保護することに決めたロイスリーネは、少女の手を取った。

「何か事情がありそうね。でも、話は後。男たちが戻ってくるかもしれないから、ここを離れましょう」

「え？」

驚いている少女を余所《よそ》にロイスリーネは彼女が来た方向に歩き始める。

「あまり人が通らない道がいいわね」

呟いたとたん、耳元で声が聞こえた。

【こっちの道を通ってください、王妃様】

音にならない声はロイスリーネを護衛する『影《かげ》』の者たちのもの。彼らはお使いに出たロイスリーネをちゃんと守ってくれているのだ。

思わず顔を綻《ほころ》ばせると、摑《つか》んだ手が震えていることにロイスリーネは気づいた。振り返って少女に微笑む。

「私たちには心強い味方がいるから大丈夫よ。私の名前はリーネ。あなたの名前は？」

「…………ミルファ、です」

長い逡巡《しゅんじゅん》のすえに、彼女はロイスリーネを信じようと思ったらしい。小さな声で答える。

「ミルファね。よろしく、ミルファ。さぁ、行きましょう」

「は、はい……」

ロイスリーネは『影』たちに導かれて、あまり人の通らない道を進んで、ようやく『緑葉亭』に戻った。

店の入り口にはすでに「休憩中《きゅうけい》」の看板が出ている。どうやらロイスリーネを守る『影』からリグイラに連絡が行ったようだ。戸を開けてミルファと一緒に中に入ると、リグイラやキーツ、それに『影』のメンバーが二人を迎えた。

彼らだけではなく、ロイスリーネを迎えにきたライナスもいる。

「ご苦労さん、リーネ。話は聞いているよ。暇《ひま》をしていたマイクとゲールに男たちを追わせたから、そのうち正体も目的も知れるだろう」

リグイラはテキパキとした口調で説明すると、ロイスリーネの後ろに隠れているミルファに、彼女が出せる最大限の優《やさ》しい口調で声をかけた。

「怖かっただろう？　ここにいればもう心配ないよ」

「は、はい……」

怖い人ではないと思ったのか、ロイスリーネの背中に隠れていたミルファが顔を出してコクコクと頷く。

そこに、今まで言葉を発さずミルファを眺《なが》めていたライナスがすっと近づき、彼女と目線を合わせるように屈《かが》み込むと微笑んだ。

「私には分かります。あなたは祝福《ギフト》を持った聖女様ですね」

「は？」

ライナスの発言に、その場にいた全員が唖然《あぜん》となる。

ミルファは大きな目をさらに見開いてライナスを見つめていたが、やがて小さく頷いた。

「…………はい。聖女、でした。でもそれは昨日までの、ことで、私は追放されたんです。ファミリア神殿を」

「追放？　ファミリア神殿を？　聖女が？」

ロイスリーネはあんぐりと口を開けて、リグイラと顔を見合わせた。

第四章 お飾り王妃と偽の聖女と真の聖女

ミルファには生まれつき不思議なものが見えていた。

それはごく一部の村人の身体《からだ》に巻きついている、灰色や時に黒い紐《ひも》のようなものだ。

けれどその紐が見えるのはミルファだけ。『紐が巻きついているの』と訴《うった》えても怪訝《けげん》そうな顔をされるばかり。どうやらその紐は他の人の目には——もちろん巻きつかれている本人にも見えないようだった。

その紐がどこからやってくるのかは分からない。紐の端《はし》は両方とも途切《とぎ》れていて、どこにも繋《つな》がっていないように見えたからだ。ただ、なんとなくその紐は「嫌《いや》なもの」「あってはならないもの」だとは感じていた。

なぜなら紐が巻きついている人は、家族に暴力を振《ふ》るう男性、気に入らない相手にいつも怒鳴《どな》りつけるおじいさん、奥さんのいる男性を誘惑《ゆうわく》して家庭を崩壊《ほうかい》させてしまった酒場のウェイトレスなど、他の村人から眉《まゆ》を顰《ひそ》められているような人ばかりだったからだ。

やがて酒場のウェイトレスは姿を見せなくなり、風の噂《うわさ》で亡《な》くなったことを知った。ウェイトレスだけではなく、紐に巻きつかれた人はみんな紐が黒く太くなって、しばらくすると亡くなった。それもひどく苦しんだ挙句に。

──あの紐のせい？　紐が黒く太くなっていくと、みんな死んじゃうの？

紐への恐怖《きょうふ》と共に、そんなものが見えてしまう己《おのれ》が怖《こわ》くなったミルファは、若干《じゃっかん》六歳にして家に引きこもるようになった。

そんなミルファに転機が訪《おとず》れたのは、大好きな姉の首に灰色の紐が巻きついているのを見たことだった。ミルファが怯《おび》えてひるんでいる間に、紐はどんどん黒くなっていく。

ある日、ミルファは姉に死んでほしくない一心で勇気を出して紐を外そうとした。すると、黒い紐はミルファが触《ふ》れたとたんにフッと消えてしまったのだ。

自分に黒い紐を消す力があることを自覚したのはこの時だった。

触れたことで分かったが、黒い紐はすべてその人に向けられた恨《うら》みや憎《にく》しみといった情念が形になったものだった。灰色の紐の時は思いもまだ薄《うす》く、指先が触れただけで霧散《むさん》してしまう。けれど黒くて太い紐になったものは、呪《のろ》いのような状態になっていて、時にミルファでも千切るのに苦労するほどだった。

──黒い紐は気持ち悪い。触れるだけで気分が悪くなる。だけどなんで私にだけ見えるんだろう。こんなの見えない方が幸せだったのに。

成長するにつれ、ミルファは黒い紐を見てしまう自分がどんどん煩《わずら》わしくなっていった。

けれど、勇気を出して相談してみても、家族ですら信じてくれない。

もし村に魔法使《まほうつか》いやどこかの神殿《しんでん》の司祭がいれば、あるいはミルファの特殊《とくしゅ》な力に気づいて助けになってくれたかもしれない。

けれど残念なことにミルファが生まれ育ったのはルベイラの辺境の地にある小さな村で、神殿はなく、大地の女神《めがみ》ファミリアを祀《まつ》る小さな祭壇《さいだん》があるだけ。今まで魔法使いを排《はい》出《しゅつ》したこともなければ、知識もなかった。

その結果、ミルファは変なことを言う子どもとしてすっかり人々から敬遠されるようになっていった。

そんな苦しい日々を送るミルファに、再び転機が訪れた。

珍しいことにファミリア神殿の神官と聖女、それに彼女たちを守る神殿騎士《きし》の一団が偶然村に立ち寄ったのだ。

しかも聖女は『鑑定《かんてい》』のギフトを持っていて、請《こ》われて遠いロウワン国からルベイラの王都にあるファミリア神殿に向かう途中《とちゅう》だった。

『鑑定』のギフトは文字通り、人の能力やギフトの有無《うむ》などを鑑定できる特殊な能力だ。

聖女は集まった村人の中にミルファを見つけるなり言った。

「まぁ、この小さな村で原石を見つけることになるとは思わなかったわ！　お嬢《じょう》さん、あなたは祝福《ギフト》持ちね。それも私の従妹《いとこ》と同じ『解呪《かいじゅ》』のギフトだわ」

そこでようやくミルファは自分がギフトを持っていることを知った。そしてミルファが「黒い紐」だと思っていたものが、呪いが形となったものであることも。

ミルファは王都のファミリア神殿に入ることになった。家族と離《はな》れるのは寂《さび》しいが、村にいては聖女を狙《ねら》う一派から身を守ることは難しいし、家族の安全すら脅《おびや》かされるとあっては、行かないわけにはいかない。

——それに、私の力が誰かの役に立つのなら……。

こうして十歳になったばかりのミルファは、生まれ育った村を離れて王都にやってきた。おりしも王都は新しい国王が戴冠《たいかん》したばかりで、大勢の人でにぎわっていた。

だが、王都に来て早々、ミルファは心を折られる出来事に遭遇《そうぐう》する。

戴冠したばかりの国王のパレードを見たミルファは、赤黒い紐が幾重《いくえ》も全身に巻きついた人を見つけてしまい、恐怖に震《ふる》えた。

黒い紐は今までに何度も見たことがある。けれどあんな赤黒くて禍々《まがまが》しい紐は見たことがない。それも一本や二本ではなく、百や二百……いや、もっとかもしれない。

その人は身体だけでなく顔からつま先まで、すべてが紐に覆《おお》われていた。

——だめ、あれは。あれに触れたらきっと私は死んじゃう……！　あんなに呪われた人がこの世にいるなんて……。生きているのが不思議なくらいなのに。

恐《おそ》ろしいことに、赤黒い紐に全身を覆われたその人は、この国の王様だったのだ。

「ロ、ロレイン様……！」

真っ青になりながら『鑑定の聖女』ロレインに国王の呪いのことを告げると、彼女は気の毒そうに国王を一瞥《いちべつ》してから、慰《なぐさ》めるようにミルファの頭を撫《な》でた。

「そうか。あなたには当然見えるわよね。ミルファ、あれは神の呪いよ。ルベイラの民《たみ》なら知っているでしょう？　神話に出てきた夜の神の呪いのことを。あれは本当にあったことで、今もルベイラ王家はその身に呪いを引き受けることで、この国の民を守っているのよ」

もちろんミルファも夜の神と初代国王ルベイラの伝承のことは知っていた。

「私は身内に『解呪』のギフトを持っている者がいるから、どんな力か知っている。『解呪』とはそれが呪いであれば、魔法であっても、自然に発生してしまう障《さわ》りであってもその呪縛《じゅばく》から解くことができるわ。でも神の呪いだけは別よ。あれだけはどうあっても解けないの。いえ、解いてはならないの。だから、ミルファ。陛下《へいか》の呪いのことは信頼《しんらい》できる者以外には決して口にしてはいけないわ。あなたは『聖女』よ。言動には責任が伴《ともな》うの。『解呪』できないのであれば、触《さわ》ってはいけない。いいわね？」

ミルファは蒼白《そうはく》になりながら、何度もロレインに頷《うなず》いた。あれを『解呪』しろと言われても困る。不可能だ。

――『聖女』とはいえ、国王陛下を見る機会なんてそうそうないはず。

そう自分を慰めて、ロレインの忠告に従ってミルファは国王の呪いを見なかったことにした。

王都のファミリア大神殿には、ギフトを持った「聖女」が何人もいた。

「ここでは誰もあなたの力を否定しないわ。あなたは守られて、自分に何ができるかを考えながらゆっくり大人になりなさい」

ロレインはそう言って、ミルファをジョセフ神殿長に託《たく》してロウワン国に帰っていった。

まだ子どもだったミルファは神殿の言う「奉仕《ほうし》」――つまりギフトを使った仕事――をするにはまだ早かったので、他の「聖女」の手伝いから始めた。

聖女たちは普段《ふだん》は神殿の奥で普通《ふつう》の神官と同じような生活をしている。女神に祈《いの》りを捧げて、奉仕活動を行う。といっても神殿の外に出ることはほとんどなかった。

窮屈《きゅうくつ》な生活ではあったが、もともと引きこもり気味のミルファにとって苦ではなかった。寂しくもない。むしろ村にいる時よりも楽しかった。

神殿には色々な聖女がいた。少しでも自分のギフトを人の役に立てるため、鍛錬《たんれん》する者もいれば、研究に明け暮れる聖女もいた。

幼かったミルファは聖女たちの妹のように、姉のように、そして母親のように可愛《かわい》がられた。特に聖女たちの取りまとめ役だった『過去見の聖女』マイラとジョセフ神殿長には孫のように可愛がってもらったと思う。

――黒い紐は相変わらず怖いけど、でも、こんな私を見いだしてくれたロレイン様や文えてくれた神殿長やマイラ様たちのために、立派な聖女になって恩返しをしたい。

十五歳になってようやく『解呪の聖女』として奉仕を行う許可が出て、ミルファは聖女としての第一歩を踏《ふ》み出《だ》した。

依頼《いらい》も少しずつ増え始め、これからという時だった――ジョセフ神殿長が新しい教皇を選出するため、聖女マイラと神聖メイナース王国に行ってしまったのは。

そして代わりに新しい神殿長としてやってきたガイウスと、彼が連れてきた聖女イレーナがすべてを変えてしまった。

ガイウス神殿長はジョセフ前神殿長が決めた規則をことごとく覆《くつがえ》してしまった。当然反発が起こる。けれどももっとも反発していたはずの神官長が、いつの間にかガイウス神殿長に従うようになってしまったのだ。神官長だけではなく、上の位にいる神殿の運営に関わる人たちも神官長に追従するようになってしまった。

ミルファをはじめとする聖女たちは、これはただごとではないと思い、神聖メイナース王国に行ってしまったジョセフ元神殿長に手紙を書き、現状を訴えようとした。ところが手紙は握《にぎ》りつぶされてしまい、それどころか聖女たちを守る神殿騎士たちが彼女たちの行動を監視《かんし》するようになってしまう。

そのうちミルファは、様子が変になった人たちの身体に細くて赤い糸が絡《から》まっているのを発見したが、それが何かを確かめる間もなく、ガイウス神殿長に偽聖女《にせせいじょ》だと糾弾《きゅうだん》された。

『君は本当に聖女なのかね？　他の聖女は輝《かがや》かしい業績を残しているし、名声も高いが、君だけはこの神殿に来て六年も経《た》つのに碌《ろく》に奉仕活動をしていないじゃないか。君はカタリに違《ちが》いない。役に立たない奴《やつ》はこの神殿にはいらない。即刻《そっこく》出ていってくれ』

ミルファは必死に自分は聖女だと説明した。けれど、ガイウス神殿長は聞く耳を持たない。なぜか同じ部屋にいた聖女イレーナも、ミルファを残念そうに見ながら首を振った。

『私も同じ意見よ。この神殿に聖女として連れてこられた時はまだ子どもだったから、周囲に騙《だま》されて持ち上げられただけでしょう。時々いるのよね、そういうのが』

『せめてもの温情だ。命は取らないから、すぐに神殿から出ていけ』

それからミルファは神殿騎士たちによって拘束《こうそく》され、無理矢理神殿から引きずり出されてしまった。

着の身着のままだ。何一つ荷物を持ってこられなかったし、他の聖女たちに別れの挨拶《あいさつ》もできなかった。

――一体これからどうしたらいいの？　村に帰る？　皆《みな》、この村から聖女が出たと喜んで送り出してくれたのに。偽聖女だと追放されて戻《もど》ってきた私を、果たしてあの村は歓迎《かんげい》してくれるかしら？

とてもそうとは思えなかった。けれど、他に行くところなんてない。ミルファは神殿の表玄関《おもてげんかん》の階段をとぼとぼと下りながら、途方《とほう》に暮れた。

四人の男に声をかけられたのはその直後のことだった。

「男たちは『どうしたんだい？　何か困っているなら力になるよ』って声をかけてきたんです。でも、男たちの身体に例の赤い糸が絡んでいることに気づいて、一緒《いっしょ》に行ったら絶対だめだと思ったんです。それで隙《すき》をついて逃《に》げ出して……。とにかく必死でした」

ミルファは大きな目に涙《なみだ》を溜《た》めながら言葉を切り、ロイスリーネを見た。

「助けてくださってありがとうございました。もしあそこで助けてもらわなかったら、今《いま》頃《ごろ》私はあの男たちに捕《つか》まっていたでしょう」

涙目になっているが、ミルファはもう震えてはいなかった。最初はたどたどしかった口調も、次第《しだい》にしっかりとしたものになっている。

幼い頃《ころ》からギフトのせいで苦労してきたからなのだろう。ほわほわした外見に反して、ミルファは気丈《きじょう》な少女だった。

――この子はまさしく本物の「聖女」だわ。陛下の呪いに一目で気づいているもの。

ロイスリーネはリグイラと視線を交《か》わして頷き合うと、ミルファの手を取った。

「大変だったのね。でもここにいればもう大丈夫《だいじょうぶ》よ」

この時点でロイスリーネはミルファを男たちの手から守り、匿《かくま》おうと決めていた。

「それにしても、たいした証拠《しょうこ》もなく聖女を偽物と決めつけて追放するなんて、一体何を考えているのやら」

リグイラが顎《あご》に手を当てて眉を寄せる。

「聖女は貴重な存在だからね。一度聖女と認められた者を神殿長だけの勝手な判断で追放なんてできないはずだ。大神殿から派遣《はけん》された審問官《しんもんかん》が偽物だと認定《にんてい》するまで、神殿内に留め置くのが規則だったはず」

ライナスが口を挟《はさ》んだ。

「おそらく神殿長と聖女イレーナの独断でしょう。彼らはミルファ嬢を偽聖女に仕立てあげてまで追放しなければならない理由があった。おそらくそれは彼女の持っているギフトが『解呪』だったからでしょう」

『解呪』のギフトは希少で、今現在それを持つと明らかになっているのは、ロイスリーネの母親だけ。そのローゼリア王妃《おうひ》は神殿には所属していない『魔女《まじょ》』だ。

――まだ子どもだったミルファは仕事をしていなかったので、聖女としては無名。きっとルベイラに来るまでその事実を二人は知らなかったんでしょうね。

「同じ『解呪』のギフトを持つミルファが傍《そば》にいたら、偽物だとバレる可能性が高いと踏んだ。あるいは自分の地位が脅かされると思ったのでしょう。まったく、なんて自分勝手な。そんなことで貴重な聖女を放逐《ほうちく》するなんて」

ジークハルトにまとわりつくイレーナを思い出してロイスリーネが棘《とげ》のある口調で言うと、リグイラが肩《かた》をすくめた。

「自分の権力を守るために手段を選ばない輩《やから》なんて掃《は》いて捨てるほどいるさ。しかし、どうしたもんかね。神殿にはルベイラ王家の力をもってしてもおいそれと介入《かいにゅう》できないときている。ガイウス神殿長と聖女イレーナを糾弾しようにも、そう簡単にはいかないだろうね。正攻法《せいこうほう》で行けばルベイラ王家から大神殿に連絡《れんらく》を取り、向こうで調査をしてもらって沙汰《さた》が下るのを待つしかないんだが……」

「でも、リグイラさん。ミルファの話では、二人が赴任《ふにん》してきてまだ一ヶ月しか経っていないのに、神殿の内部はだいぶおかしなことになっているみたいですよ。そんなに悠長《ゆうちょう》に待っていられない。神殿に残った聖女たちにも何をされるか……」

その言葉を聞き、家族同然に過ごしていた聖女たちのことを思い出したのだろう。ミルファの身体がぶるぶる震えだす。

ロイスリーネは失言だったと悟《さと》り、慌《あわ》ててミルファを抱《だ》きしめた。

「大丈夫。さすがのガイウス神殿長だって神殿にとって虎《とら》の子《こ》である聖女をそう簡単に傷つけるわけがないわ」

「で、でも、皆、ジョセフ神殿長に連絡を取ろうとして……阻止《そし》されています。それに今は監視されていて……」

リグイラが手を伸《の》ばし、ミルファの頭をポンポンと撫でた。

「安心おし。監視ですんでいる分にはまだ大丈夫だ。それにまだ無名だったミルファだったらともかく、それなりに活躍《かつやく》している聖女が姿を現《あら》わさなくなったとしたら、さすがに信者も騒《さわ》ぎだすだろう。神殿への寄付も集まらなくなる。権力に固執《こしつ》するような奴は自分の評判を落とすようなことはしないだろう」

「そ、そうですね……」

気休めでしかなかったが、ミルファは納得《なっとく》したようでだんだん落ち着いてきた。ロイスリーネはミルファから身体を離すと、リグイラに言った。

「ともかく私たちだけではどうすることもできないわ。陛下やカーティスにミルファのことを知らせて判断を仰《あお》がないと」

「ミルファが聖女だと分かってすぐに連絡しておいたよ。時間的にそろそろ――」

リグイラの言葉が終わらないうちに『緑葉亭《りょくようてい》』の扉《とびら》が開いた。

反射的に「休憩中《きゅうけい》です」と言おうとして振り向いたロイスリーネの目に映ったのは、軍服を身にまとった黒髪《くろかみ》の男性だった。ロイスリーネの目が大きく見開かれる。

「カインさん⁉　どうして、ここに？」

「誰も入ってこられないように執務室《しつむしつ》に二重の結界を張ってきた。エイベルに変装させているからしばらくは大丈夫だろう。それに今回は俺だけじゃない」

そう言ってカインは後ろを振り返る。そこでようやくロイスリーネはカインのすぐ後ろに人がいることに気づいた。

その人物はフードを深く被《かぶ》っており、顔はよく見えない。けれど、リグイラにはすぐ分かったようだ。カインに続いて店に入ってくるその人に笑《え》みを向ける。

「あなたがこちらにいらっしゃるなんて珍《めずら》しいこともあるもんだ」

「緊急《きんきゅう》事態ですから」

聞き覚えのある声がして目を見張る。ローブが払《はら》われ、中から現われたのはルベイラ国が誇《ほこ》る美貌《びぼう》の宰相《さいしょう》カーティス・アルローネだった。

「カーティスも一緒に来るとは思わなかったわ」

ジークハルトがカインになっている間、代役を務めるエイベルを補佐するために、カーティスも王宮に残るのが常だ。それがこうしてカインと一緒にわざわざ『緑葉亭』まで訪れるのは、ロイスリーネが知る限り初めてのことだった。

カーティスはいつもの柔和《にゅうわ》な笑みを浮《う》かべる。

「聖女を保護したと聞いたので、この目で確かめたいと思ったのですよ。報告したいこともありましたし」

言いながらカーティス、およびカインの視線がミルファに向いた。

そのミルファは突然《とつぜん》人が入ってきたことにびっくりしたのか、椅子《いす》から腰《こし》を上げた状態で固まっていた。大きな水色の目はこれでもかと見開いたまま、カインに固定されている。

「その子がガイウス神殿長と聖女イレーナが追放したという聖女か」

カインが言った次の瞬間《しゅんかん》、我に返ったミルファはその場に膝《ひざ》をつき、床《ゆか》に頭がつきそうなほどに頭を下げる。そして――。

「こ、国王陛下！　どどどうして、こんなところに……!?」

「……は？」

これにはカインもロイスリーネも、そしていつも冷静なカーティスや『影《かげ》』の面々もびっくりした。

なぜならカインの姿を一目見ただけで彼がジークハルト王だと見破った者はいなかったからだ。カインとジークハルトでは顔の造作は変わらないが、髪《かみ》と目の色が異なるし、若干声も違っている。並べて見比べない限り、同一人物だと分かる者はいないだろう。

それがミルファは一目見ただけでジークハルトだと分かったのだ。これが驚《おどろ》かずにいられようか。

「……どうして俺が国王だと？」

カインの問いかけにミルファは頭を下げたまま叫《さけ》ぶ。

「赤黒い呪いにぐるぐる巻きにされて生きて動ける人なんて陛下以外にありえません！」

「……なるほど、呪いですか」

納得したようにライナスが頷く。

いきなり見破られて、おまけに呪いの存在まで暴露《ばくろ》されて面食らっていたカインだったが、すぐに気を取り直して苦笑《くしょう》を浮かべた。

「どうやら『解呪の聖女』だというのは本当らしいな」

「ええ、そのようですね。ミルファといいましたか？　顔を上げてください」

カーティスが優《やさ》しい口調でミルファに話しかける。

「陛下は軍人カインとしてここに来ています。そんなにかしこまらなくて大丈夫ですよ」

けれどミルファは土下座をやめることなく、それどころかさらにそのままの姿勢で後ろに下がろうとした。

「い、いいえ、陛下の御前《ごぜん》ですし！　そ、そ、それに、何より、怖いんですぅぅ！　赤黒い紐に触れたら、私、死んじゃうぅぅぅ」

「あ、そっちなのね」

どうやら国王に対する畏敬《いけい》というよりは、ミルファ曰《いわ》くぐるぐる巻きの「赤黒い紐」の方を怖がっているようだ。

「……王族として怖がられたり、畏怖《いふ》されて遠巻きにされるのは慣れているが、こういうパターンは初めてだな。しかもカインの時に」

土下座をやめないミルファを見下ろし、カインの口元に苦笑いが浮かんだ。

その後、すったもんだあったが、全員椅子に腰を落ち着け、改めてミルファと出会った時のことや彼女から聞いた神殿の現状を説明した。

ちなみにミルファはカインから一番遠い席に座っている。少し慣れたのかカインの姿を見るたびに腰を抜《ぬ》かすことはなくなったが、それでもできるだけ距離《きょり》を取りたいのだと言う。

「ろ、六年前より赤黒い紐は減っているので、人の姿をしているのは分かるんですけど、でもやっぱり怖いです」

――『解呪』のギフトを持っているのも楽じゃないわね。私も他の人も呪いなんて目に見えないから平気で陛下に触れられるけど、ミルファはそうじゃない。否応《いやおう》なく見せられるんですもの。

そこまで考えてふとロイスリーネは思う。

――あまり聞いたことがなかったけれど、お母様もそうだったのかしら？

自分にはギフトがない、そう思い込んでいたロイスリーネは詳しいことを母親に尋《たず》ねたことはなかった。どうせギフトがない自分には理解できないだろうと考えていたのだ。

でも今はそれを後悔《こうかい》している。もう少し興味を持っていたら、ミルファを安心させられるようなことが言えたかもしれない。

「事情は分かりました。想定していた以上に神殿の内部がまずい状態になっているようですね」

一通りの説明を終えると、カーティスが重々しく口を開いた。

「神殿からジョセフ枢機卿《すうききょう》に連絡を取る手段は絶たれているようなので、ひとまず私から彼に報告するよう手配します。枢機卿には手が空いた時に夜の神の眷属《けんぞく》に関する資料を調べてもらっていたので、そのついでに知らせておきましょう。……ただ、ジョセフ枢機卿もすぐに動ける状態ではありません。まだ新しい教皇は選出されておりませんから」

そうなのだ。あれから二ヶ月近く経つが、未《いま》だに新しい教皇は決まっていない。突然の辞任だったので、後継《こうけい》候補を絞《しぼ》るにも苦労しているそうだ。

「しばらくの間、こちらで対処するしかないな。そうだ、カーティス。報告があるんだろう？　ガイウス神殿長と聖女イレーナについて」

カインが促《うなが》すと、カーティスが頷いた。

「はい。まずは結論から。憶測《おくそく》ではありますが、あの二人はほぼクロでしょう。つまり聖女イレーナはカタリで、ガイウス神殿長はそれを知りながら彼女が聖女であると吹聴《ふいちょう》して利用しているということです」

「やっぱりそうよね。予想通りだわ」

驚くことではない。ライナスが聖女イレーナには「神力《しんりょく》」を感じられないと言った時から誰もがそう思っていたはずだ。聖女イレーナは偽物の聖女だと。

「ガイウス神殿長は小国クォーツ出身で、下級貴族の次男でした。ご存じの通り貴族の爵位《しゃくい》は長男しか継《つ》げず、次男や三男以降は独立して生きていくしかない。たいていは兵士になったり、文官になって王宮勤めを目指しますが、ガイウスはそのどちらでもなく、神殿に入りました」

カーティスが『影』たちが調べ上げたと思われる報告書を手に説明する。

「頭は良かったのでガイウスは若手の中ですぐに頭角を現わし、上司から気に入られてトントン拍子《びょうし》で出世していったようです。ですが、神殿内でたいした人脈もコネもなく、ついでに魔力《まりょく》もそれほどではなかったガイウスが、それ以上出世していくのは並大抵《なみたいてい》のことではない。壁《かべ》にぶち当たったガイウスでしたが、ある日転機が訪れます。聖女イレーナを見いだして後見人になったことでした」

大貴族出身でもなければ神殿内に大きなコネもない神官が出世する一番の近道が「聖女」を探してきてその後見人になることだ。

連れてきた聖女が評判になればなるほど神殿に貢献《こうけん》したということで、後見人になった神官の地位も上がっていくとされている。神殿がどれほど「聖女」という存在を重要視しているかがよく分かる話だ。

――だからこそ『魔女』を強引《ごういん》に勧誘《かんゆう》しようとする神官が後を絶たないのよね。お母様もしつこかったと言っていたわ。

「当時いた地区の有力な貴族の呪いを聖女イレーナが解いたということで非常に感謝され、寄付金も倍増したそうです。その功績でガイウス神殿長は出世し、もっと大きな神殿の神官長補佐に任命されました。そこでも有力な貴族たちの呪いを聖女イレーナが解き、その貴族たちの後押《あとお》しで、もっと大きな神殿の祭祀長《さいしちょう》に任命されました。あとはその繰《く》り返しで、とうとう大神官に任命され、小さいけれどそれなりの地区の神殿の神殿長になったわけです」

「有力な貴族の呪いをギフトで解呪して、そいつらの権力と後押しでもっと上の地位に昇る。……出来すぎた話だねぇ」

皮肉気に言ったのはリグイラだった。「私もそう思います」と同意してからカーティスは話を続ける。

「一方、聖女イレーナですが、デンマールという国の出身で、魔法使いに弟子《でし》入りしていたようですね。ところが十五歳の時に破門になっています。なんでも師匠《ししょう》が禁止していた魅惑術《みわくじゅつ》を使って、街の有力貴族の子弟《してい》たちをたぶらかしていたようで、街からも追放されています」

「おや、まぁ」

と思わず呟いてしまったのはロイスリーネだった。

「今も同じことをしているようね」

ジークハルトにまとわりつくイレーナの姿を思い出してムカムカしながら言ったら、なぜかリグイラをはじめ、『影』の皆に生暖かい目を向けられた。

「話を続けますよ。デンマールにいたイレーナがどこでガイウスと知り合ったのかは不明です。報告ではある日、地方の神殿に視察に出かけた際に聖女を見つけたとしてイレーナを連れ帰っています。『鑑定の聖女』に鑑定してもらったら『解呪』のギフトがあると認定されたと言って」

「『鑑定の聖女』？　ロレインおば様？」

ロレインはロイスリーネの母親とは従姉妹同士で、ロウワンの神殿に所属する聖女だ。『鑑定』のギフトを持ち、神殿の要請《ようせい》であちこちの国に赴《おもむ》いている。そしてミルファを見いだした聖女でもあった。

「いいえ、ロレイン様ではありません。当時すでに高齢《こうれい》だった『鑑定の聖女』メリンダ様に鑑定してもらったという話です。ですが、この時メリンダ様は病に倒《たお》れられ、聖女としての活動はほとんどしていなかったようです。ガイウス神殿長はメリンダ様のところへ行き、鑑定してもらったと言い張っていますが、メリンダ様からは新たな聖女が見つかったという報告はなかったそうです。そこで神殿も真偽《しんぎ》不明としてイレーナの聖女認定を保留にしていたのですが……彼らを推《お》す貴族たちの声が大きくなりまして。すでにギフトを使って呪いを解いていたという実績もあったことから、しぶしぶ認定したそうです」

「真偽不明だったのに、結局懐柔《かいじゅう》した貴族たちの力を使って聖女になったわけか。思いっきり怪《あや》しい話だな」

眉を顰めて言ったのはカインだった。

「はい。それに聖女イレーナは貴族たちの呪いは解きますが、平民は見ないことで有名だったそうです。それに貴族であっても『気が乗らない』と言ってギフトを使うことを拒否《きょひ》したり。ですからどこに赴任しても本当は聖女ではないのではと囁《ささや》かれていたそうです」

ロイスリーネは恐る恐る声を上げた。

「……もしかして、自作自演？　自分でめぼしい貴族に呪いをかけて、それを目の前で解いて、あたかもギフトがあると見せかけたんじゃない？　そして自分たちの仕込みではない人の呪いは当然解けないから、ギフトを使うことを拒否したのでは？」

正解、とでも言うようにカーティスは微笑《ほほえ》んだ。

「十中八九そうだと私も思っております。もちろん、ガイウス神殿長もグルでしょう」

カインが不思議そうに尋ねた。

「だが、どこに行ってもそんな調子なら、大神殿やもっと上役の神殿長に連絡がいって聖女認定が取り消しになりそうなものだが、そうはならなかったのか？　俺が神殿に所属していたなら間違いなく上に報告するが……」

「それが不思議なことに報告はなかったのです。祭祀長だったガイウスをはじめ、神殿の上層部が下からの訴えをもみ消していたようです」

ロイスリーネは目を見開いた。

「それって……王都のファミリア神殿で今起こっていることと同じでは？」

「はい。その通りです。……ライナス、今の話を聞いてあなたの見解はどうですか？」

カーティスはライナスに声をかける。ライナスは今までの話を黙《だま》って聞いていたが、促されて「あくまで推測ですが」と前置きしてから言った。

「おそらく聖女イレーナは精神操作系を得意とする魔法使いでしょう。何度か王宮で彼女が魔法を使うところを見ましたが、魔力自体は並みの魔法使いです。けれど精神操作系の魔法に関しては驚くほど巧《たく》みなようです」

「どういうことだ？」

カインが眉を上げる。ライナスが他の魔法使いを褒《ほ》めることはめったにないからだ。

「王宮にいる魔法使いたちを警戒《けいかい》してか、魔法使いには感知されないように形跡《けいせき》を隠《かく》しながら魔法を使っています。あの程度の魔力でそれができるということは、よほど精神操作系に特化した魔法使いだということです。たまにいるのですよ。他は全然だめなのに得意とする系統の魔法だけが異様に優《すぐ》れているという者が。おそらく彼女は、精神操作系に関して言えば一流だということです」

なんと意外なことに、イレーナはある一点に関してだけは優秀《ゆうしゅう》な魔法使いだったようだ。

「このことから、おそらく神殿の神官長など上の役職の者たちはイレーナの魔法によって強く魅了《みりょう》、もしくは洗脳されているのでしょう」

だから最初はガイウス神殿長の方針に反対していた神官長たちが、突然従いだしたのだ。

ミルファは青ざめてライナスを見つめる。

「神官長様たちは……魔法で従わされているのですね。もしかして他の人たちも？」

「ええ。ですが全員ではないし、完全に支配されているのはほんの一部の人間でしょう。本人の意思に反して無理に従わせるには、それなりの強い魔法でなくてはならない。でも彼女の魔力量からいって、それほどの魔法を同時に何十人にもかけ続けることはできないと思われます。従って、いわゆる下っ端《したっぱ》たちは軽い魅了……たとえばイレーナに対する好意を増幅《ぞうふく》させるたぐいの、簡単な魔法を使っているのでしょう。上の人間さえ押さえておけばどうにでもなると考え、実際に今までも同じ手を使って成功してきたのだと思います」

「だとしたら、神殿内部をおおよそ掌握《しょうあく》した彼らが次に行うのは、貴族たちを自分たちの味方に引き入れることか」

カインが唸《うな》るように呟《つぶや》いた。ロイスリーネはハッとなってカインを見る。

「もしかして彼女が王宮にしつこく通っているのは、魅了、もしくは洗脳するため？」

「だろうな。考えてみれば、ルベイラの高位貴族がいくら聖女の頼《たの》みとはいえ、あれほどの人数を王宮に入れるなんて許可を出すのは変だ。一人ならともかく、複数の貴族が同じように聖女の要請に従っているんだぞ。そいつらはイレーナの魔法にかかっている可能性がある。ライナス、すまないが後で診《み》てやってくれ」

「御意《ぎょい》。ですが、いくら魔法を解除しても再びかかる可能性があります。当面の対処はそれでいいとしても、根本的な問題を解消しないことにはイタチごっこになるでしょうね」

「神殿のことは俺でも容易に手を出せないからな。頭の痛い問題だ」

ため息をつくカインに、カーティスが慰めるように言った。

「ジョセフ枢機卿に働きかけて大神殿を動かすしかありませんね。大神殿にルベイラ国から正式に抗議《こうぎ》することにしましょう。イレーナが陛下や我々の仕事を邪魔《じゃま》しているのは確かですからね。いくら教皇選出やらで混乱しているとはいえ、強国ルベイラからの抗議を無視することはできないでしょう」

「そうしてくれ。とにかく邪魔で仕方ない。まったく、ターレス国の問題が終わったと思ったら間を置かずにこれだ」

「まぁ、元気だせよ、カイン坊《ぼう》や。少なくとも調べた限りガイウス神殿長にも聖女イレーナにもクロイツ派の影はなさそうだ。あいつらに比べれば小物もいいところだろ？」

マイクが慰めれば、ゲールも言った。しかも笑顔《えがお》で。

「そうそう。いざとなったら二人とも消せばいいだけさ。あの様子じゃあっちこっちで恨みを買ってるんだろうから、ちょいと裏稼業《かぎょう》の奴らを煽《あお》ればさくっと殺《ヤ》ってくれるだろう。俺たちが手を下したっていいんだし」

「その手は……最終手段だ。今のところ使う予定はない」

――なんかすごい会話をしているような気がするけど、聞かなかったことにしよう……。

王妃としては国を守るためにはそういうこともあるのだと理解しているので、ロイスリーネは賢明《けんめい》にもなかったことにした。

「さて、私はそろそろ帰ります。エイベル一人では少し不安ですからね」

カーティスが立ち上がる。「じゃあ、俺も」と言って立ち上がったカインを、カーティスが制した。

「あなたが急ぐ必要はありません。それよりリーネ様を王宮までしっかり送って差し上げてください。しばらく会っていなかったのでしょう？」

「カーティス……」

訳知り顔でカーティスは微笑むと、ライナスに声をかけた。

「というわけでライナスはカインと交替《こうたい》です」

「分かりました。私はミルファ嬢が神殿の連中に見つからないように対策を講じましょう」

「そうしてください。……聖女ミルファ」

カーティスはミルファの前に行くと、片膝をつき、その手を取った。

「自己紹介《しょうかい》が遅《おく》れまして申し訳ありません。私はこの国の宰相を務めるカーティス・アルローネです」

「さ、宰相様⁉　陛下に続いて宰相様まで…っ」

はるか雲の上の身分の人だと知り、ミルファがぎょっとしているのを余所《よそ》にカーティスは続ける。

「御身《おんみ》は必ず我々が守ります。しばらくご不便をおかけしますが、聖女様はこの『緑葉亭』で匿《かくま》ってもらってください。ここは王宮よりはるかに安全な場所ですから」

「は、は、は、はい」

「それではお先に失礼します。では陛下また後で」

再びフードを深くかぶると、カーティスは『緑葉亭』から出て行った。それを機に常連客……いや、『影』の者たちも次々と店から出ていく。

残ったのはロイスリーネとカイン、それにライナスと、『緑葉亭』預かりになったミルファとリグイラだ。

「……俺たちも行こうか、リーネ」

カインがロイスリーネに手を差し伸べる。

「……はい。カインさん」

久しぶりのせいか、なんだかこそばゆく感じながらも、ロイスリーネは自分の手をカインの手に重ねた。

手を握り合いながら照れたように微笑み合う二人を、ミルファが不思議そうに見つめる。彼女もだいぶ慣れてきて、今ではカイン——いや、ジークハルトを直視できるようになっていた。

「あ、あの、陛下とリーネさんの関係って……？」

ミルファはライナスに小さな声で話しかける。いくら神殿の奥にこもりっきりのミルファでも、国王ジークハルトが結婚《けっこん》して、王妃がいることは知っていた。けれど初々《ういうい》しい恋人《びと》同士のように手を握っている二人は、普通の友だちには見えなかったのだろう。

そこでこっそり尋ねたのだが、その声はジークハルトの耳にもロイスリーネの耳にも届いてしまっていた。

——あ、そうだわ。私、リーネとしか自己紹介していなかったっけ。どうせカインさんが陛下だってこともバレているんだから、私のことを言ってしまっても構わないよね？

ロイスリーネはそう思い、おさげにした髪を解き、眼鏡を取ってミルファににっこりと笑った。

「改めて自己紹介するわね。私の本当の名前はロイスリーネよ。結婚する前はロウワン国の第二王女だったわ。今はルベイラで王妃をやっています。よろしくね、ミルファ？」

「おっ……王妃様……⁉　リーネさんが王妃様……？」

ミルファは目を見開き――そしてそのまま卒倒《そっとう》した。

「え⁉　ミルファ⁉」

どうやら今日はあまりに彼女にとって色々ありすぎて、身体も精神も限界だったようだ。最後にとどめの驚きを与《あた》えられて、とうとう耐《た》えきれなくなり、眠《ねむ》りの世界へと逃げたのだろう。

「気の毒に……」

ミルファの身体をとっさに受け止めながら、ライナスは心の底から呟いたのだった。

「ミルファ、大丈夫かしら？」

隠れ家に向かって歩きながらロイスリーネが呟くと、カインが慰めるように言う。

「大丈夫だ。疲《つか》れただけだろう。女将《おかみ》は医術の心得があるし、ライナスもついているから心配ないと思う」

「そうですよね。二人にまかせれば大丈夫ですよね」

ロイスリーネとカインは「あとは自分たちがやるから」と二人に店を追い出されたのだった。

「……こうして二人で歩くのも久しぶりだな」

「そうですね。聖女イレーナが襲来《しゅうらい》してくるようになる前はセイラン王子がいましたから、なかなか二人でのんびり街を歩く機会もなかったですもんね」

「ああ、だからミルファにはある意味感謝しているんだ。こんな機会でないとリーネと二人きりになる時間を取れないから」

「カインさん……」

カインは多少照れたように、けれど嬉《うれ》しそうに笑っている。ジークハルトの時ならまず見ることのできない笑顔だ。

その笑顔を見られただけでロイスリーネも嬉しくなり、つい頰《ほお》を緩《ゆる》ませてしまう。

「あ、やっとリーネの本物の笑顔が見れた」

「カインさんこそ」

どうやら二人して同じことを考えていたらしい。二人でにこにこと笑いながら街を歩く姿は恋人同士そのものだ。

『だけど恋人未満なんだよなぁ……』と二人を警護している『影』たちは全員同じことを考えていた。

『もうお前らいい加減にくっついちゃえよ。夫婦《ふうふ》だろ?』

そんな彼らの心中に気づくはずもなく、ロイスリーネとジークハルトは最初のぎこちなさはどこへ行ったのか、会えない間の出来事を楽しそうに話し始めた。

「で、キーツさんは手に入ったカナメ茸《きのこ》を使った新しい定食メニューを考えたんですが、リグイラさんは採算が合わないって反対していて……」

話しながらロイスリーネは心がうきうきと沸《わ》き立《た》つのを感じた。ここ数週間にもわたるモヤモヤが少しずつ胸の中から消えていく。

――なんかいいな、これ。嬉しいような恥《は》ずかしいような。でも楽しいような。

上機嫌《じょうきげん》なままロイスリーネは、カインと二人で隠れ家にある扉から秘密の地下通路に入っていった。

「暗いから気をつけて」

「はい」

いつもは一人で通る道をカインと一緒に下りていく。

二人の会話は尽《つ》きなかった。話題だけなら色々ある。『緑葉亭』のことや常連客のこと、リリーナのこと、読んだ本のことなど。

ところが、三十分近く歩いて王宮内の、それも本宮にたどり着いた辺りで、突然カインは足を止めた。

「今、エイベルから心話《しんわ》で連絡があった。聖女イレーナが来てしばらく執務室の前で粘《ねば》っていたらしい。先に帰ったカーティスにきつく言われて、諦《あきら》めて帰るところだそうだ。今部屋に戻ると廊下《ろうか》ですれ違うかもしれない」

「そうですか」

しばし思案していたカインはふと顔を上げてロイスリーネを見た。

「ロイスリーネ、少し確かめたいことがあるんだが、付き合ってもらってもいいか？」

「構いませんが……」

一体何をするつもりなのだろうか。そう思いながら承諾《しょうだく》すると、カインはロイスリーネを連れて別の通路を下り、本宮の執務室にほど近い客室に出た。

「誰かに見られたらまずくないですか？　私、『緑葉亭』のエプロン姿のままですよ？」

客室から廊下に出ながらロイスリーネは心配そうに尋ねる。

「大丈夫。カイン・リューベックは本宮に出入りできる身だ。君はその俺の連れだから、問題ない」

「……そういう問題かしら？」

カインの意図が分からなくて首をひねるものの、ロイスリーネはついていくしかない。

やがて廊下を少し歩いたところで、向こうから歩いてくる一団の姿が見えた。

――あれって聖女イレーナと護衛の神殿騎士たち？

間違《まちが》いない。我《わ》が物顔《ものがお》で王宮の廊下を歩く集団など他には「王妃ロイスリーネ」とその侍女《じじょ》と護衛兵で構成されている一団くらいなものだ。

「だ、大丈夫なんですか？」

「大丈夫。他の使用人と同じようにしよう」

見るとその一団とすれ違う王宮の使用人や兵士は、慌てて廊下の端に寄って頭を下げている。そうしないと文句を言われるからだ。

「聖女イレーナ様のお通りだ。道を開けろ！」

イレーナの横を歩く神官が偉《えら》そうに告げる。ムッとなったロイスリーネだが、この姿で事を荒《あら》だてるわけにはいかない。カインの言う通り、廊下の端によって頭を下げる。

聖女とその神殿騎士の一行は、一瞥もくれずロイスリーネたちの前を通り過ぎていった。

彼らの姿が見えなくなり、ようやく顔を上げたロイスリーネはカインに尋ねる。

「これ、何の意味があったんですか？」

カインは勝ち誇ったような顔をしていた。

「実は、聖女イレーナがジークハルト《俺》に気づくか試《ため》してみたんだ。今、俺は偽装《ぎそう》を一切《いっさい》せず、ジークハルトの時と同じにしていた。違うのは姿だけ。実はカインの時はジークハルトと同一人物だと気づかれないように、ライナスに頼んで魔力や気配を偽装できるようにしているんだ。でもそんな状態でもミルファは俺が国王だと気づいた。呪いで気づけたんだ。もし聖女イレーナに『解呪』のギフトがあるならば、いくら変装していようが俺に気づかないはずがない。ところがあの女は気づくことはなかった。つまり――

「つまり、聖女イレーナは『解呪の聖女』ではないということですね」

答えるとカインは微笑んだ。

「そういうことだ。そして、あの女は魔法使いとしても三流だ。魔法の気配にまったく気づかなかった。通りすがりにライナス直伝の『一分後に足をもつれさせて転倒《てんとう》させる』という魔法をかけたのに、全然気づきもしない」

「は？　『一分後に足をもつれさせて転倒させる』魔法？」

――どういう魔法よ、それは!?　ライナスの趣味《しゅみ》なの？

唖然《あぜん》としているロイスリーネの耳に、「きゃああ」という悲鳴が聞こえた。聖女イレーナが行った方向からだ。

「聖女様！　おけがはありませんか？」

「痛ーい！　なんでこんなところで転ぶのよ！　ええい、早く手を貸しなさいよ！」

そんなやり取りが聞こえてくる。どうやら見事にカインのかけた『一分後に足をもつれさせて転倒させる』魔法がヒットしたようだ。

「あんな簡単な魔法にも気づかないとは。ライナスなら魔法をかけようとした瞬間に気づいて阻止してくるのにな」

「だからどういう状況《じょうきょう》なんですか、それは？」

ロイスリーネは突《つ》っ込まずにいられなかった。だがロイスリーネの突っ込みをまるっと無視して、カインは言った。

「魔法使いとして三流ならば、こちらから色々仕掛《しか》けることが可能だってことだ。たとえば彼らの会話が筒抜けになる小さな魔道具《まどうぐ》を忍び込ませるとかな。それがあれば、神殿内部で起きていることを探《さぐ》ったり、ガイウス神殿長たちの犯罪を立証する証拠を集めるのに役に立つはずだ」

「なるほど、そういうことですか」

ロイスリーネはポンと手を打つ。ようやくカインの意図していることが理解できた。

「証拠を揃《そろ》えれば大神殿も動かざるを得ないですよね」

言いながら、けれどロイスリーネは少し不満に思っていた。

――結局は大神殿が動かない限りどうしようもないなんて。こうしている間にも聖女たちが危ない目に遭《あ》っているかもしれないのに。なんとかあの二人をぎゃふんと言わせる方法はないものかしら？

ルベイラ国の立場、神殿との関係などを考えれば、直接動くのが難しいのは分かる。けれど早く手を打たないと、ルベイラの貴族たちの中にも魅了されて被害が出てくるだろう。

――何かいい手はないものだろうか？

カインと別れて部屋に戻っても、リリーナと一緒に食事を楽しんでいる間も、ロイスリーネは頭の片隅《かたすみ》でずっとそのことを考えていた。

ぷにぷにぷにぷに。

――うーん、うーん、何かいい手はないかしら？

夜になってもロイスリーネは考えていた。うさぎを膝に抱きかかえ、前足の手に隠れた小さな肉球をぷにぷにと押しながら。

「…………」

うさぎは大人しく何も言わずに無の表情でロイスリーネにされるがままになっている。けれど、ほんの少し呆《あき》れたような気配があるのは気のせいだろうか？

「うーちゃん、何かいい手はないかしらね？　こう、あの二人をぎゃふんと言わせて、王宮に来られなくするようなそんな方法が」

「…………ぎゅぅ……」

あるならとっくにジークハルト《俺》自身がやっている。と言いたげな顔になったうさぎだが、ロイスリーネは肉球に触りながら自分の考えにふけるのに忙《いそが》しく、気づくことはなかった。

ぷにぷにぷに。

「できるなら騙されている貴族たちの目を覚まさせてやりたいのよね。あんな偽聖女に解けないってことを証明できればいいんだけど」

ぷにぷにぷに。

「会話が筒抜けになる魔道具で証拠を集めたとしても時間がかかりすぎたら意味ないし。それにもし大神殿が動かなかったらどうするの？」

ぷにぷにぷに。

「一刻も早くミルファを神殿に戻してあげたい。聖女たちが安心して過ごせるようにしてあげたいのよね」

ぷにぷにぷに。

「それにお母様とミルファの『解除』のギフトを騙るなんて許せない。ミルファは生まれてからずっとそのギフトに翻弄《ほんろう》されてきたのよ。その苦労も知らないで自分たちの地位のために利用するなんて……」

ぷにぷにぷに。

「わざと呪いをかけられ、利用された人たちも可哀想《かわいそう》だわ。『解呪』してもらって感謝したでしょうに、それが自演だったなんて。いっそ自分たちが呪われてみればいいんだわ」

ぷにぷにぷ……。

ロイスリーネの手が不意に止まった。うさぎが不思議そうにロイスリーネを仰ぎ見る。

「……思いついちゃった。呪いよ。そう、呪いだわ！　あっちが呪いを利用するなら、こっちも利用すればいいのよ！」

叫ぶなりロイスリーネはうさぎを抱《かか》えて立ち上がり、部屋の中を軽《かろ》やかにくるくると踊《おど》り始めた。

「ぎゅう⁉」

「そうよ、この手がいいわ。ありがとう、うーちゃん、肉球に触らせてくれて。おかげで良い手を思いついたわ！」

足を止めてうさぎの頭に何度もキスを落とす。うさぎはわけが分からない様子で目を丸くしていた。

ちなみに最初から最後まで実はエマが近くにいて、その一部始終を呆れた様子で見守っていたのだが、ロイスリーネにとってはささいなことであった。

第五章

お飾り王妃、反撃を開始する

翌日、さっそくロイスリーネは皆《みな》に時間を取ってもらい、ジークハルトの執務室《しつむしつ》に集まってもらった。

「は？　あの偽《にせ》聖女に大勢の前で呪《のろ》いを解かせる？」

ロイスリーネの言葉を聞いてジークハルトが目を丸くする。ロイスリーネは頷《うなず》いた。

「はい。ですが、呪いにかかっている相手はこちらで用意させていただきます」

「……王妃《おうひ》様。なんとなく言いたいことは察しましたが、端的《たんてき》すぎて分かりづらいです。最初から順番に説明していただけませんか？」

カーティスが困ったような笑《え》みを浮《う》かべて言う。ロイスリーネは口元を手で覆《おお》った。

「あら、ごめんなさい。つい先走ってしまって……」

王妃らしくホホホホと笑ってみたが、ここにいる面々はロイスリーネの本性《ほんしょう》を知っている。取《と》り繕《つくろ》っても無駄《むだ》なので、ロイスリーネは「王妃の微笑《びしょう》」の仮面をポイッと外した。

ちなみに執務室に集まったメンバーは部屋の主であるジークハルト、宰相《さいしょう》のカーティス、従者のエイベル、侍女《じじょ》のエマ、王宮魔法使《まほうつか》いのライナス、そして公爵令嬢《こうしゃくれいじょう》のリリーナだ。

ロイスリーネはゴホンと咳払《せきばら》いをすると、説明を始めた。

「あの二人がこれまでのやり方を踏襲《とうしゅう》するのであれば、そろそろイレーナの仕込んだ呪いが彼女の懇意《こんい》にしている貴族たちに浸透《しんとう》してくる頃だと思うわ。そして彼女を頼《たよ》ってきた貴族たちを見事『解呪《かいじゅ》』してみせて、聖女としての名を上げる」

「奴らは今までその手でのし上がってきた。ロイスリーネの言う通り、ルベイラでも同じようなことを目論《もくろ》むはずだ。すでに彼女の手に堕《お》ちた貴族が何人もいるだろう」

ジークハルトは忌々《いまいま》しそうな口調で呟《つぶや》いた。

「ですから、それを逆手に取るんです」

ロイスリーネはにっこり笑った。

「もし、自作自演がうまくいかなかったら聖女の評判はどうなると思います？　聖女の後見人になっているガイウス神殿長《しんでんちょう》の評判は？　もちろん落ちるでしょうね。だってイレーナは自らかけた魔法しか『解呪』できないんですもの。偽聖女かもしれないって噂《うわさ》も出るかもしれませんね？　そうしたらその噂を払拭《ふっしょく》するためにどうあってもイレーナは『解呪』をしたという実績を作らなければならなくなる。——たとえそれが大勢の人が見ている前であってもね」

言いながらロイスリーネは、ジークハルトたちの顔に理解の色が広がるのを見て内心でにんまり笑う。するとエマが小声で耳打ちした。

「リーネ様、顔に出てます。悪役っぽい笑いになってますよ」

「……コホン」

再び咳払いをして表情を真顔に改めると、ロイスリーネは先を続けた。

「人前で聖女のギフトを使わざるを得なくなったイレーナが解くのは、こちらで用意した人物の呪いです。要するに今までのように自演できないようにするわけです。当然、偽聖女であるイレーナはその呪いを解くことができない。そこにミルファが現《あら》われて、イレーナが解けない呪いを解いてみせたらどうなるでしょう？　ミルファは真の『解呪』の聖女として認められます。一方、大勢の前で失敗したイレーナへの疑惑《ぎわく》はますます深まり、聖女に心酔《しんすい》していた貴族もそれを見れば目が覚めると思うんです」

貴族たちにイレーナへの疑惑が芽生えれば、もう王宮に招待しようとする者はいなくなるだろう。イレーナは王宮に来ることができなくなり、ジークハルトもロイスリーネも平《へい》穏《おん》な日々を取り戻《もど》せるという寸法だ。

しばし思案していたカーティスが口を開く。

「細かい部分はもっと詰《つ》めるとして、私は悪くない案だと思います。我が国の貴族たちが、一部とはいえ洗脳されて相手の駒《こま》となるのをただ手をこまねいて見ている必要はないでしょう。こちらからも動くべきかと」

「だが、そううまくいくだろうか」

言ったのはジークハルトだ。

「大勢の前で『解呪』するのを承知させるのはかなり骨が折れると思うが……」

「うまくいかせるんです。というか、承諾《しょうだく》せざるを得ない状況《じょうきょう》に追い込むんです、陛《へい》下《か》」

ロイスリーネはずいっと前に出てジークハルトに迫《せま》った。

「昨日陛下が言っていた、会話が筒抜《つつぬ》けになる魔道具《まどうぐ》をイレーナにつければ、彼女の行動を監視《かんし》できます。誰《だれ》と会っていたかを知ることができれば、イレーナがどの貴族を自作自演の生贄《いけにえ》にしようとしているかある程度は把握《はあく》できると思うのです。そしてライナス」

ライナスの方に顔を向けてロイスリーネは尋《たず》ねる。

「あなたならイレーナのかけた魔法を解くことができるでしょう？」

「もちろんですとも、王妃様」

笑みを浮かべて自信たっぷりにライナスが答える。

「あの程度の魔法使いのかけた呪いの魔法など、簡単に解けますよ。何しろ私は天才ですから。ついでに言うと、昨日陛下から依頼《いらい》された魔道具の方ももう完成しています」

「さすが仕事が速いわね。ありがとう、ライナス。それじゃあ、イレーナが貴族に呪いをかけたら、それを片《かた》っ端《ぱし》から解いてほしいの。自作自演ができない上に魔法が効かないとなれば、イレーナたちはさぞ慌《あわ》てることでしょうね」

「御意《ぎょい》」

にやりと笑いながらライナスは胸に手を当てた。

「ついでにイレーナが王宮に来るたびにあちこちに振《ふ》りまいている魅了《みりょう》の暗示も解いてしまいましょう。王妃様にもなるべく王宮内を歩いていただけると助かります。軽い暗示程度なら王妃様が同じ空間にいるだけでサクッと『還元《かんげん》』されますので」

「そ、そう。そうなのね。では公務にかこつけてなるべくあちこち歩き回ることにするわ」

自分のギフトのことなどすっかり忘れていたロイスリーネは、苦笑《くしょう》しながら答えた。

——発動しているんだか分からない『還元』だけど、ないよりはマシよね。

次にロイスリーネは興味深そうに話を聞いていたリリーナに声をかけた。

「リリーナ様は交友関係が広いので、貴族夫人や令嬢たちに噂を流してほしいのです。『聖女イレーナはルベイラに来て一度も「解呪」をしていない。本当に彼女は聖女なのだろうか』と」

リリーナは嫣然《えんぜん》と笑った。

「分かりましたわ、王妃様。おまかせを。お母様やお父様たちにも協力を仰《あお》ぎます。実際、イレーナは王宮にばかり来ていて、まったく奉仕《ほうし》活動に参加していませんもの。そろそろ不審《ふしん》に思う者も出てきているはず。ほんの少し指摘《してき》するだけで疑惑はあっという間に広がると思いますわ」

「お願いします。リリーナ様」

ロイスリーネはカーティスに視線を移す。

「宰相は引き続き神聖メイナース王国の大神殿とジョセフ枢機卿《すうききょう》に働きかけを。それに聖女イレーナと懇意にしている……つまり自作自演の餌《えさ》にされそうな貴族のリストアップもお願いするわ」

カーティスに目を向けると、彼は微笑《ほほえ》んだまま頷いた。

「承知いたしました。すぐに作成します。ついでに彼らの動向も監視させましょう」

「ありがとう。そうしてくれると助かるわ」

次々と指示を出していくロイスリーネをジークハルトは複雑そうに見ていた。そんな彼にエイベルがこっそり言う。

「なんか珍《めずら》しいよね。いつも飄々《ひょうひょう》としている王妃様があれほど特定の人を目の敵にするなんて。どうしてだと思う、ジーク？」

エイベルが意味ありげな顔で尋ねてくる。答えが分からずジークハルトが眉《まゆ》を寄せていると、会話を耳ざとく聞きつけていたリリーナが訳知り顔で答えた。

「それはもちろん、嫉妬《しっと》ですわ。王妃という地位があるとはいえ夫である陛下に近づく女性を放っておけるわけがありませんもの。……あら、いい話が浮かんできたわ！　そうですわよね。嫉妬は恋愛《れんあい》における最高のスパイスの一つと申しますし、アメリアとケルンの膠着《こうちゃく》した状況を打破できるかもしれませんわ！」

　残念ながらリリーナの声は少しも小さくなかったので、このやり取りはロイスリーネの耳にも届いていた。

「し、嫉妬じゃありませんから！」

　ロイスリーネは慌てて弁明した。

「わ、私はお母様と同じ『解呪』のギフトを悪用するイレーナが許せないだけです！　そ、それに、ミルファのこともありますから、とっちめてやりたい。ただそれだけでっ」

「ええ、そうですね。分かっておりますよ、王妃様」

　カーティスが生暖かい目でロイスリーネを見ながら微笑む。カーティスだけではなく、ジークハルトを除いたほぼ全員がそんな目をロイスリーネに向けている。そのことにロイスリーネは居心地《いごこち》の悪さを覚えていた。

　――そうよ。嫉妬じゃないわ。嫉妬なんかじゃない……はずよ。

　イレーナを許せないと思う感情の裏にある気持ちから目を背《そむ》けて、ロイスリーネは改まった口調で宣言した。

「と、とにかく、皆さん、そういうわけなので偽聖女こらしめ作戦を始めましょう！」

そんなロイスリーネを見ながらジークハルトは思わしげに呟く。

「いつになく積極的なだけに、ロイスリーネが無茶をしないか不安だ」

「あの言い訳を信じちゃって王妃様の想いに気づかないのがジークらしいというか……」

苦笑を浮かべていたエイベルは、気を取り直してジークハルトの肩《かた》を慰《なぐさ》めるように叩《たた》く。

「諦《あきら》めなよジーク。王妃様が無駄に行動力あるってこと、とっくに分かっているでしょ？　あれはもう止められないよ。ジークにできるのは作戦に協力しつつ、王妃様がやりすぎて暴走したり、無謀《むぼう》にも敵に突《つ》っ込んだとしてもすぐに対処できるようにしておくことだよ」

「……そうだな。そうするか」

諦めたように吐息《といき》をつくジークハルトは、ロイスリーネを除く全員が自分にも生暖かい目を注いでいることに気づいていなかった。


王宮の廊下《ろうか》を大勢の神殿騎士《きし》を引き連れて歩いていた聖女イレーナの耳から、突然《とつぜん》耳飾《みみかざ》りが落ちた。イレーナのお気に入りだった耳飾りは大理石の床《ゆか》の上をカンカンと音を立てながら転がっていき、廊下の端に寄っていた文官の足元で止まる。

文官は耳飾りを拾い上げ、イレーナに差し出した。

「聖女様、どうぞ」

本来であれば聖女たる自分の装飾品《そうしょくひん》に勝手に触《ふ》れるなどイレーナは許さないのだが、耳飾りを差し出した文官が思いのほか好みの顔をしていたので、不問に付すことにした。

「拾ってくださってありがとう。お気に入りの耳飾りなの」

耳飾りを受け取り気取った口調で礼を言うと、文官は微笑んだ。

「聖女様のお役に立てて光栄です」

すっかり気をよくしたイレーナは文官の名前を聞こうとしたが、近くの神殿騎士に先へと促《うなが》されて断念した。

早く行かないと公務で移動中の国王ジークハルトと偶然出会うことができなくなってしまう。

足早にその場を離《はな》れたイレーナは、耳飾りを拾ってくれた文官が、去っていく自分たちの背中を見てにやりと笑っていたことに気づかなかった。

「無事に耳飾りを魔道具と入れ替《い　か》えることができました」

執務室に戻ってきたライナスは満面の笑みで報告する。

そう、先ほどイレーナの耳飾りを拾った男性はライナスだ。今の彼はいつも身に着けている王宮魔法使いのローブではなく、文官たちが着ているような服をまとっている。

もともとローブ姿の時もどこか文官のような雰囲気《ふんいき》を漂《ただよ》わせているライナスは、今やどこから見ても立派な役人だ。とても魔法使いには見えなかった。

「イレーナは私が魔法使いだということも、耳飾りを魔道具と入れ替えたことも全然気づきませんでした」

王宮魔法使いの長の顔を知らないイレーナは疑うことなく、耳飾りを受け取った。

ジークハルトが労《ねぎら》う。

「ライナス、ご苦労だった。これでイレーナの行動を追えるな」

今回ライナスが作った耳飾り型の魔道具は、魔法通信の技術と魔法を応用したものだ。常に監視していなくてもいいように、会話を録音して保存し、定期的に送信するように設定されている。

「仕込みは上々ね。リリーナ様もさっそくお茶会を開いて懇意にしている貴族令嬢や婦人方に噂を流すそうです」

ロイスリーネがにっこり笑った。

「さて、何が出てくるか楽しみだわ」


一週間後、さっそく効果が出たようだ。

『イレーナ。いつになったら貴族たちの解呪ができるようになるんだ？』

聞こえてきた声はガイウス神殿長のものだ。謁見《えっけん》の間《ま》で見せたような余裕《よゆう》のある様子ではなく、どことなく苛立《いらだ》っているような声だった。

イレーナが答える。

『焦《あせ》らせないで。あと少しなんだから。知っているでしょう？　私がかける呪いは精神に作用するものだから、すぐには結果が出ないって。オースティン伯爵《はくしゃく》にかけた呪いが表面化するまでもう少し時間がかかるわ』

『もっと早くできないのか。お前の耳にも届いているかもしれないが、お前が本当の聖女なのか疑う声が出始めているぞ。その噂を払拭するためには、一刻も早くお前が解呪したという実績が必要なんだ。分かっているだろう？』

『分かっているわよ！』

――オースティン伯爵って、確かカーティスが作ってくれたイレーナと懇意にしている貴族のリストにあった名前よね。

ロイスリーネはさっそくライナスにオースティン伯爵の魔法を解くように依頼した。

ガシャーンと何かを叩きつける音が響《ひび》く。

『どうしてよ！　そろそろ聖女の私に助けを求めてくるはずだったのに、どうしてオースティン伯爵の呪いが綺麗《きれい》さっぱり消えているのよ⁉』

どうやらイレーナが喚《わめ》きながらそこらへんにあったものを手当《てあ》たり次第《しだい》に投げつけているようだ。

『おいおい、一体どうなっているんだ、イレーナ？』

うんざりしたようなガイウス神殿長の声が聞こえてくる。

『呪いをかけたつもりだけど、本当はかかっていなかったんじゃないか？』

『そんなことはないわ！　ちゃんと呪いの魔法をかけたわよ！』

『じゃあ、懇意にしている魔法使いにでも解いてもらったんじゃないのか？』

『そんな……何かあれば相談してって言っておいたのに。それに私のあの呪いはそこら辺の魔法使いじゃ解けるはずがないわ』

『だが現に呪いはなくなっているんだろう？　まったく。これじゃいつになったら噂を払拭できるようになるのやら』

『う、うるさいわね。今度こそうまくやるわよ。呪いをかけたのはオースティン伯爵だけじゃないんだし』

イレーナの行動を追えば、呪いをかけた相手はすぐに見つかった。

呪いの進行状況を確認《かくにん》するためか、定期的にイレーナは彼らと会っていたからだ。

対象の貴族たちの呪いはもちろんライナスに解除してもらった。

イレーナはどんどん焦ってくる。イレーナだけではなくガイウスもだ。

『おい。本当に一体どうなっているんだ⁉』

『分からないわよ！　誰も彼も呪いが消えているなんて、こんなこと今までなかったわ！ああああ！　どうしてこううまくいかないの！』

『このままだと噂が本当だと思われるぞ。お前だけじゃない。後見人である俺にだって疑いの目が向けられるじゃないか』

イライラとした口調でガイウスは吐《は》き捨《す》てる。

『くそ、こんなことならミルファを追放しなければよかった。あの娘《むすめ》がいれば呪いを解かせて、それをお前の手柄《てがら》にすることもできただろうに。お前が絶対に追放しろだなんて言うから』

『し、仕方ないじゃない！　本物の「解呪」のギフトを持っているあの子がいたら、私が偽物だってバレるかもしれないのよ！　そんな危険を冒《おか》せるわけないじゃない！』

日に日に二人の間は険悪になっていく。

耳飾りを魔道具と入れ替えた半月後には、イレーナはかなり追いつめられた状態になっていた。

最初は夫人や令嬢たちの間にだけ囁《ささや》かれていた噂は、もはや王宮……いや王都中の貴族の間に広まっており、今まで懇意にしてきた貴族たちからも距離《きょり》を置かれるようになっていたのだ。

もともと彼らにかけていた魅了の魔法は「自分たちへの好意を増幅《ぞうふく》させる」といったたぐいの簡単なものだった。その魔法の根幹にあった「好意」が、噂によって「疑惑」に代わってしまったために成立しなくなる。

こうして二人が画策していた「国の重要人物が集まる王宮で多くの貴族たちを取り込む」という作戦はまったく用をなさなくなったのだ。

『どうして！　どうしてよ！』

最近はなかなか王宮にも入れなくなったイレーナは、ぶつぶつ言いながら部屋を歩き回る。

『今まではうまくいっていたのに！　私の魔法の威力《いりょく》が落ちたからじゃないわ。現に神殿内ではうまくいっている。なのにどうして貴族たちには効かないのよ⁉　陛下も全然私に落ちないし……。このままじゃガイウスはきっと私を切り捨てようとするに違《ちが》いないわ。私に内緒《ないしょ》でミルファを捜索《そうさく》させているのがその証拠《しょうこ》よ。本物の聖女であるあの子の身柄《みがら》を確保して、後見人として利用するつもりなのよ』

この言葉を聞いてロイスリーネたちはなるほどと思った。

――追放した直後に男たちを差し向けたのは、てっきり口封《くちふう》じのために殺すつもりなのかと思っていたのだけど、イレーナが使い物にならなくなった時の保険のために、ガイウスが単独でミルファの身柄を確保しようとしていたのね。

おそらくどこかに監禁《かんきん》するつもりだったのだろう。もし偶然《ぐうぜん》ロイスリーネと出会わず、男たちに捕《つか》まっていたらガイウスの思い通りに利用されていたかもしれない。

『いやよ。せっかく聖女になって望んでいたような生活ができるようになったのに。元の惨《みじ》めな三流魔法使いに戻るのはいや！　私は絶対にこの地位を離さないわ！　早く、早くなんとかして私が聖女だって証明しなければ……！』

魔道具を通して切羽詰まったようなイレーナの声が聞こえてくる。

ガイウスとも意見がぶつかることが多くなってきて、切り捨てられる恐怖《きょうふ》にイレーナはますます追いつめられているようだった。


ミルファが神殿を追放されて一ヶ月近く経《た》ったある日、ロイスリーネは執務室に集まった面々に向かって言った。

「だいぶ焦ってきているみたいなので、次はいよいよ大勢の前で『解呪』させる段階にきていると思うの」

カーティスが同意する。

「そうですね。タイミング的にもいい頃《ころ》合いかと。ちょうどファミリア大神殿の方も新しい教皇が決まり、落ち着いてきているようですので」

この一ヶ月の間に神聖メイナース王国では大きな進展があった。

難航していた新しい教皇がようやく決まったのだ。それと同時期に、ずっと意識不明だった王太子《おうたいし》も目を覚まし、王家と大神殿も正式に和解したことを発表した。

暗殺未遂《みすい》事件に端を発した混乱がようやく収まったのだ。

「ジョセフ枢機卿もこちらの状況を憂《うれ》いて、すぐに審問官《しんもんかん》を派遣《はけん》してくださるそうです」

「審問官を？　大神殿はごまかす気はないようね。それはよかったわ」

　審問官というのはファミリア神殿内部の不正や犯罪を取り締《し》まる特別監査室《かんさしつ》という組織の構成員だ。決して数は多くないが、その一人一人が大きな権限を持っている。例えるなら、一人で警察と裁判官と刑執行人《けいしっこうにん》を兼《か》ねているようなものだ。

　そして審問官が裁くのは、一般《いっぱん》の神官や司祭ではなく、神官長や神殿長、それに聖女といった神殿内では特別の地位にいる者たちが対象となる場合が多い。

　つまり審問官を派遣するということは、大神殿側が今回のことを重大な案件だと考えている証拠でもあるのだ。

「それと、ジョセフ枢機卿から面白《おもしろ》い話も聞けました。どうやら今回就任したガイウス神殿長は、正式な神殿長ではありませんでした。ジョセフ枢機卿が戻るまでの代行だったようです」

「え？　そもそも代行だったの？」

　ロイスリーネは目を丸くした。そんな話はまったく聞いていなかったからだ。

「その通りです。なぜルベイラのような数も規模も大きい地区の神殿長に、やり手とはいえあれほど若い神殿長が任命されたのか不思議だったのですが、ようやく合点《がてん》がいきました。期間限定だったからなのですね」

カーティスが言うには、次期教皇の候補の一人だったジョセフ元神殿長は、自分が教皇になる気はまったくなく、選出が終わればルベイラに戻る予定だったそうだ。

ところが選出まで数ヶ月、あるいはもっとかかるかもしれないと考えた大神殿は、主要な地区で長い間神殿長が空席になるという事態を避《さ》けるために、期間限定の代行を立てることを決め、ちょうど任期を終えた地区の神殿長たちを代行に任命して向かわせたのだ。

そうしてルベイラ地区の代役として立てられたのがガイウス神殿長だった。

「おそらくガイウス神殿長はこれを好機と見たのでしょう。ジョセフ枢機卿が戻ってくるまでに神殿内を掌握《しょうあく》し、ルベイラの貴族たちの推挙があれば、代行ではなく本当の神殿長になれると踏《ふ》んだのだと思います」

「なるほど。だから着任早々ジョセフ前神殿長の決めた規則をひっくり返し、自分たちに反対する者たちをイレーナに洗脳させて強引《ごういん》に従わせたのね」

ロイスリーネが納得《なっとく》して頷いていると、ジークハルトがポツリと呟いた。

「どうりでイレーナが俺につきまとうわけだ。国王からの推薦《すいせん》があればルベイラの神殿長になるのもたやすいと思ったんだろうな」

「それも理由の一つだったのは確かでしょうね」

けれど、決してそれだけではない。ロイスリーネには分かる。女の勘《かん》というやつだ。

――あの人は陛下の持つ権力だけじゃない。陛下本人も欲《ほ》しがっているわ。

だからこそロイスリーネはイレーナにつきまとってほしくないのだ。王宮にも来ないでもらいたい。

そのためにこの一ヶ月、皆に協力してもらってイレーナたちを追いつめてきたのだ。

「できれば審問官が来る前に、イレーナが偽物の聖女だということを証明したいわ。大勢の前で『解呪』させるという当初の計画を進めましょう。肝心《かんじん》な呪いを受けた役だけど、それは私が——」

「却下《きゃっか》だ」

ロイスリーネが言い終わらないうちに、ジークハルトによって一蹴《いっしゅう》された。

「君がやると言いたいんだろうが、それは許可できない」

「え？　なぜですか？」

「王妃が呪われたとなると、事が大きくなるからだ」

「……陛下、そこは『君に危険な目に遭《あ》ってほしくないからだ』と言う場面ですわよ？」

リリーナが生暖かい目で見つめながらダメ出しをする。だがジークハルトはそれをまるっと無視すると、ロイスリーネをひたと見つめた。

「とにかく君はだめだ。呪われ役をするなら俺がやる」

「陛下が呪われたとなるとそれこそ洒落《しゃれ》にならない事態になります。陛下もだめですよ」

ため息をつきながらカーティスが言えば、今度はエイベルが口を挟《はさ》んだ。

「じゃあ、僕がやろうか？　僕なら大事にならないだろう？」

「なるに決まっているでしょう。よく考えてください。陛下や王妃様のすぐ傍《そば》にいる人間が呪われたとなると、大騒《おおさわ》ぎになって誰が呪ったのかと犯人探しが始まりますよ。ええ、間違《まちが》いなくそうなります」

「え？　それじゃ、どうすれば……」

呪われる役がいなければイレーナが偽聖女だと証明することはできない。途方《とほう》に暮れていると、ジークハルトが何かに思い至ったように尋ねた。

「それならカーティス、うさぎはどうだ？」

ロイスリーネは仰天《ぎょうてん》する。ジークハルトの言ううさぎがどのうさぎを指すのか分かってしまったからだ。

「うーちゃんを？　だ、だめです。陛下。うーちゃんはかよわいうさぎですよ！　呪いなんてかけたら死んでしまいます！」

「……いえ、案外いい手かもしれません」

「え⁉」

口を挟んだのはカーティスだった。

「動物は人間よりずっと敏感《びんかん》です。王宮内のどこかで吹き溜《ふだ》まりになっていた『障《さわ》り』に触れて呪い状態になってしまったという言い訳が立つかと。それなら騒《さわ》ぎになることはないでしょう」

障りというのは見えない人の負の感情が、魔力《まりょく》を帯びてしまった状態のことを指す言葉だ。呪いの前段階のようなもので、人が大勢いるところではどうしても生じてしまうものとされている。

普通《ふつう》であれば放置すれば自然と消えるのだが、時には集まって吹き溜まりになってしまう場合があり、運が悪いとそこを通るだけで具合が悪くなってしまうのだ。

人間の場合、よほど強い魔力でも帯びていない限りすぐ治ってしまうのだが、人間より身体《からだ》が小さくて敏感な動物はその限りではない。場合によっては死んでしまうこともある。

「だめだめ。うーちゃんが死んじゃったらどうするの？」

目を閉じてぐったりしているうさぎを想像し、ロイスリーネは青ざめた。

「ご安心を、王妃様。絶対に死なせることはありません」

ライナスが口を開く。

「それに動物を使うというのは、案外イレーナを公開『解呪』の場に立たせるのにいいかもしれませんよ。動物の障りを払《はら》うのは、人の呪いを解くよりはるかに簡単ですから。これなら勝算ありとイレーナも考えるかもしれません」

「なるほど。ロイスリーネ、聞いた通りだ。嫌《いや》だろうがこらえてくれ。これはイレーナを追い落とし、ミルファの名誉《めいよ》を回復するためには必要なことだ」

そう言われてしまえば、いくらうさぎが心配だろうとロイスリーネは承諾するしかなかった。

「分かりました。その代わり、絶対にうーちゃんを傷つけないでくださいね！」

話し合いが終わったロイスリーネは、秘密の地下道を通り『緑葉亭《りょくようてい》』へと足を向けた。

「こんにちは！」

「あ、リーネさん。こんにちは！」

『準備中』の看板がかかっている玄関《げんかん》の扉《とびら》を開けると、出迎《でむか》えたのは眼鏡をかけた、ふわふわな黒髪《くろかみ》をおさげにしている少女だった。

まるでリーネのようだが、もちろん違う。

「こんにちは、ミルファ。だいぶ仕事に慣れたみたいね」

「はい。皆さんのおかげです！」

そう、このリーネにそっくりな出《い》で立《た》ちをしている少女はミルファだ。

ミルファはライナスの魔法で髪《かみ》と目の色を変えてもらい、『緑葉亭』の二階でリグイラたち夫婦《ふうふ》と一緒《いっしょ》に住んでいる。

今では街の生活にもすっかり慣れて、ロイスリーネが公務のために『緑葉亭』に行けない時は、彼女に店に立ってもらっていた。

『ただお世話になっているのは心苦しいですから』

真面目だが人見知りをするミルファは、最初は慣れない接客業にかなり戸惑《とまど》っていたようだ。しかし、常連客のフォローもあり、今ではだいぶ給仕《きゅうじ》にも慣れて楽しく働いているらしい。

──私と同じような扮装《ふんそう》をしているせいか、なぜか「リーネの親戚《しんせき》」だと思われているみたいなのよね。まぁ、ミルファがいいなら、構わないけれど。

あの四人組はまだミルファを捜《さが》しているらしいので、彼らの目をごまかすためにも「リーネの親戚」にした方が都合がいいのは確かだ。

「聖女なのに働かせるなんてどうかと思うけれど、ミルファが楽しんでいるのならよかったわ」

「皆さん優《やさ》しいですし。それに、あのまま村にいたら、もしかしたらこういう仕事をしていたかもしれないと思うと……なんだかすごく楽しいんです」

ミルファはお盆《ぼん》を手に楽しげに笑った。

──健気《けなげ》でいい子なのよね、ミルファって。どこかの偽聖女とはえらい違いだわ。

ロイスリーネが王妃だと知ったミルファは、最初は非常に恐縮《きょうしゅく》していたのだが、『緑葉亭』ではただのリーネだとしつこく主張したら、敬語はどうしても抜けなかったものの、次第に打ち解けてくれるようになってきた。

『リーネさんは私が知っている貴族の方とはだいぶ違いますね。って、悪い意味ではなくてですよ。とてもいい意味です』

『お姫様《ひめ》らしくないわよね。でもロウワンではこれが普通だったから。国民と王族の距離がとても近いのよ』

『ロウワン……ロレイン様の住んでいらっしゃる国ですね』

ミルファは自分を見いだしてくれた『鑑定《かんてい》の聖女』ロレインに非常に感謝しているらしく、彼女が住んでいるロウワンにも興味津々《きょうみしんしん》だった。

思った以上にミルファがロイスリーネに懐《なつ》いているのは、もしかしたらロレインの親類だということも大きく関わっているかもしれない。

「そうだわ、ミルファ」

「はい？」

ロイスリーネはミルファを近くに呼び寄せて言った。

「この間説明した作戦がとうとう決行されることになったの。当日はあなたに王宮に来てギフトを使ってもらうことになるけれど、大丈夫《だいじょうぶ》？」

「はい、大丈夫です」

しっかりした口調でミルファは答えた。

「聖女たちや神殿の皆を助けるためですもの。精一杯《せいいっぱい》やらせていただきます」

今回の作戦の要《かなめ》はミルファだ。聖女に対して仲間意識の強いミルファは、偽とはいえイレーナを大勢の前で糾弾《きゅうだん》することに最初は難色を示していたが、これしか彼らを止める方法がないのだと説明してからは、全面的に協力してくれている。

「ありがとう。ミルファの力、とても頼りにしているわ」

――イレーナのせいで追放されたというのに、まだ彼女を思いやれるなんて、ミルファはなんて優しいのかしら。

辛《つら》い目に遭ってても人間不信になることもなく、ギフトを使って人々の助けになろうと考えているミルファのような女性こそ、人々が思《おも》い描《えが》く「聖女」なのだろうとロイスリーネは思う。

――そう。ミルファは「聖女」だわ。どんなに『緑葉亭』で働くのが楽しくても、ミルファがいるべき場所はここじゃない。私が、王妃として陛下の隣《となり》に在《あ》ることを決めているように。

一刻も早くミルファを神殿に返してあげなければ。

ロイスリーネは改めて心に決める。

まずは大勢の前で『解呪』することをイレーナに承知させる、という骨の折れる仕事が待っているが、ロイスリーネには勝算があった。

ロイスリーネの口元が弧《こ》を描く。

——あなたの望む通り表《おもて》舞台《ぶたい》に引きずり出してあげるわ、イレーナ。私たちの用意した舞台にね。

イレーナは王宮の出入り口でだいぶ待たされたことにイライラしながら、国王ジークハルトがいるという庭園に向かった。

最近、何もかもがうまくいかない。自分の力を示すために用意していた呪いがことごとく消えて、まるで使い物にならなくなったのだ。その上、王宮に来るたびあちこちに施《ほどこ》している魅了の魔法がすぐ消えてしまう。

——一体何なのよ。

一番問題だったのは貴族たちの間に悪い噂が流れていることだった。

『聖女イレーナ様、ルベイラの神殿に来てからまだ一度も解呪していないそうよ』
『神殿が定期的に行う聖女の奉仕活動にも姿を見せないらしい』
『神殿に所属している者すら、まだ一度も聖女イレーナがギフトを使っているところを見たことがないそうだ』

『ねぇ、本当にあの方は聖女なのかしら？』

『聖女としての仕事もせず、毎日王宮に来てわがまま放題らしいわ。どう考えてもおかしいわよね？』

噂は噂を呼び、今ではあちこちでイレーナに対する疑惑が持ち上がっている。そのせいでこれまで懐柔《かいじゅう》してきた貴族たちからも距離を置かれるようになっていた。

――どうしてこんなことに。今まではうまくいっていたのに。

ガイウスは怒《おこ》り、毎日のように呼び出しては「早く『解呪』して聖女であることを示すんだ」と迫ってくる。

けれど本物の聖女ではないのだから、自分が呪いをかけた相手しか『解呪』はできない。

このままだとそのうちガイウスに切り捨てられて、偽聖女として始末されてしまうだろう。もはやイレーナに残された道は『解呪』を行い聖女であると示すしかなかった。

――いいえ、まだ方法はあるわ！

『解呪』をしないで聖女のままでいられる方法。それはこの国の最高権力者である国王を懐柔することだ。

いくら疑惑をもたれようが、国王ジークハルトさえ味方に引き入れてしまえば噂などどうにでもなる。過去に同じように疑われた時も、その土地の領主を魅了することで切り抜けられたのだ。今度も同じことをすればいいだけ。

——そう、それに聖女にこだわる必要はないわ。あの美しい国王を虜《とりこ》にして王妃に収まることができれば、聖女の地位なんてちっぽけなものよ。

ジークハルトはなかなか落ちてくれないが、本気を出せば魅了できるとイレーナは考えていた。今まで彼女が欲しいと思い、落とせなかった相手はいなかったのだから。

庭園に出たイレーナはジークハルトがいる場所を目指す。国王である彼がいる場所には必ず大勢の人がいるので、すぐに分かるのだ。

——でも今日はやけに人が多いわね。

その理由はすぐに知れた。王妃がジークハルトの傍《かたわ》らにいたからだ。

王妃ロイスリーネ。小国ロウワンの王女で、魔力も持たない平凡《へいぼん》な容姿の女。

イレーナは一目見て彼女を敵ではないと見下していた。実際、ロイスリーネは「お飾り王妃」と呼ばれており、ジークハルトとの仲もいいとは聞かなかった。

——『解呪の聖女』である私の方がジークハルト陛下には相応《ふさわ》しいわ。そうじゃない？

聖女を抜きにしても、魔法も使えて美しい自分の方がよっぽどジークハルトの役に立つと、イレーナは本気で思っていた。

だからこそ王宮に通《かよ》いつめて折を見て魅了しようとしたのだが、ジークハルトは魔力持ちであるせいか、魔法にかかってくれない。それならば自分の美貌《びぼう》で虜にしようと考えていたのだが、今のところそれもうまくいっていない。

──陛下の隣に立つのに相応しいのは私なのに！

ぎりっと唇《くちびる》を噛《か》みしめながらロイスリーネを睨《にら》みつけていたイレーナはふといいことを思いつく。

──そうだわ。あの王妃を呪ってやろう。精神的に追いつめられる、とっておきの呪いを。それを私が『解呪』すれば、陛下に恩が売れるし、王妃を『解呪』したとなれば偽聖女だという噂も払拭できるじゃないの！

イレーナはさっそく細心の注意を払って周囲に分からないように自分の魔力を練り上げ、呪いを生成する。そしてそれをロイスリーネに向かって放った。

ところが、とっておきの呪いはロイスリーネに届く前になぜか霧散《むさん》してしまう。

──え？　一体、どうして？

慌ててもう一度呪いを生成して再び放つが、これもまたロイスリーネにたどり着く前に消えた。イレーナの込めた魔力も綺麗さっぱりなくなっている。

──一体、どうして……。

愕然《がくぜん》としていると、イレーナの姿に気づいたロイスリーネが「あら」と微笑を浮かべる。

「聖女様ではありませんか」

ロイスリーネの声にジークハルトもイレーナに気づいたようで、眉を上げた。

「聖女イレーナか。用もないのに王宮に来るのは遠慮《えんりょ》してもらいたいとファミリア神殿に通達したはずだが」

冷たい光をたたえた青灰色の瞳《ひとみ》がイレーナを捉《とら》える。

こんな時なのに美しく整ったジークハルトの顔にイレーナは見とれた。氷の彫像《ちょうぞう》のように冷たい美貌。温度が感じられない無機質の目に見据《みす》えられるたびに、イレーナは剣《けん》の切っ先が喉元《のどもと》に突きつけられたような恐《おそ》ろしさを覚えるのに、どうしても惹《ひ》かれてやまないのだ。

冷たくされればされるほど、イレーナはなんとかして落としてやろうと密《ひそ》かに情熱を燃やした。

「まぁ、いいではありませんか。貴族の中には聖女様に会いたいと思っている方も多いでしょうし」

ロイスリーネがイレーナを庇《かば》うような発言をする。イレーナにとってそれは屈辱《くつじょく》だった。

「だが、限度というものがある。しかも最近は……」

意味ありげに言葉を切ると、ジークハルトは改めてイレーナの方に向き直った。

「聖女イレーナ。最近貴族たちの間で噂になっていることを貴殿《きでん》はご存じか？」

噂と聞いて、心当たりのあるイレーナは慌てて弁明する。

「あの噂はデマでございます。私は聖女のカタリではありません。きちんと神殿に認定《にんてい》された聖女です」

「しかし、貴殿がまったく聖女として活躍《かつやく》していないのも事実だ。貴族たちの間では大神殿に審問官を派遣してもらうべきだと進言する者もいる」

ひやりとイレーナの背筋に冷たいものが走る。審問官を呼ばれたらまずいことになると
ガイウスから散々聞いているからだ。

そのため、ガイウスはいつも慎重《しんちょう》だったし、ギリギリのところで手を緩《ゆる》めて特別監査室に目をつけられないようにしていた。

破滅《はめつ》の足音が聞こえてきているような気がしてイレーナが唇をぐっと噛みしめていると、ジークハルトが淡々《たんたん》とした口調で言った。

「審問官を呼ぶのはまだ時期尚早《しょうそう》だとは思うが、貴族たちの聖女への不信が神殿への不審に繋《つな》がるのは私の本意ではない。ちょうどいい機会だ。聖女イレーナ、貴殿に噂を払拭するチャンスを与《あた》えよう」

その言葉にイレーナはハッとなって顔を上げる。

「チャンスとは……？」

「ちょうど私とロイスリーネが可愛《かわい》がっているペットのうさぎが、ここ数日具合が悪くなってしまってな。獣医《じゅうい》に診《み》せたところ、障りに触れたことで呪いをかけられたような状態になっているとのことだった。王宮魔法使いのライナスがいればすぐに解けるんだろう

が、あいにく彼は私の使いで隣国《りんごく》に行っている。どうしたものかと思っていたが……貴殿は『解呪の聖女』。皆の前で貴殿が『解除』のギフトを使ってうさぎを助けることができれば、噂も払拭できて一石二鳥ではないか？」

「へ、陛下は聖女である私に動物を診ろと仰《おっしゃ》るのですか？」

それは屈辱だと渋《しぶ》っていると、ロイスリーネが口を挟んだ。

「まぁ、陛下。聖女様に動物を診ていただくなんて。気を悪くさせてごめんなさいね、聖女イレーナ。幸い障りによってうーちゃんの命が奪《うば》われることはないようですから、ライナスの帰りを待つか、あまりにひどくなるようだったら聖女ミルファを頼りましょう」

ミルファの名前にイレーナは驚《おどろ》きのあまり口をポカンと開ける。なぜロイスリーネの口からミルファの名前が出たのか理解できなかった。

「彼女は動物好きだから、きっと二つ返事でうーちゃんを診て治してくれるでしょう。ご存じかしら、聖女イレーナ？　ミルファに『解呪』のギフトがあると鑑定したのは私の母方の親戚である『鑑定の聖女』ロレインなんです。ロレインおば様という共通の知り合いがいるので、私とミルファは面識があるんですよ」

「そ、そう、ですか」

かろうじて返事をしながらイレーナは冷《ひ》や汗《あせ》をかいていた。

——まずい、まずい、まずい！　まさか王妃とミルファが知り合いだったなんて！

ロイスリーネはミルファが本物の聖女であることを知っている。それなのにガイウスとイレーナがミルファを偽物として追放したと知ったら……確実に大神殿から審問官を呼ばれるだろう。

――それだけはどうしても避けなければ！

ミルファの追放を隠《かく》し通すためには、ジークハルトの言ったようにイレーナが大勢の前でうさぎの呪いを解くしかない。

――この私がうさぎごときの呪いを解かなければならないなんて。……いえ、でも待って？

ふとイレーナは昔魔法の師匠《ししょう》から聞いたことを思い出した。

――確か、障りから起こる呪いを解くのは簡単な部類の魔法だったはず。それに、人間に比べて動物の障りは解きやすいと聞いているわ。これなら私でもきっとできる。

考えてみれば、うさぎの呪いを解くだけで噂を払拭できて、聖女だと皆に認めさせることができるのだ。これほど楽なことはない。

イレーナはにっこりと微笑んでみせた。

「ミルファを頼る必要はありませんわ。この私がうさぎの呪いを必ず解いてみせます」

「そうか、それでは日時を決めて王宮で解呪を行うこととしよう。それでよいな？」

「陛下の御心《おこころ》のままに」

礼を取りながら、イレーナはすっかり余裕を取り戻していた。噂を払拭し、聖女としての栄誉《えいよ》を取り戻した後のことに思いをはせる。

――これで私は安泰《あんたい》だわ。

失敗することなど、イレーナは微塵《みじん》も考えていなかった。

自信満々な様子で帰っていくイレーナを見送ったロイスリーネは、彼女の姿が見えなくなったとたんににやりと笑う。

「どうです？　私が原案を考えてリリーナ様に書いてもらったシナリオは」

「ああもあっさり応じるとは思わなかったよ」

どことなく呆《あき》れたような様子でジークハルトが吐息をつく。どうやらあまりに予定通りだったため、拍子《ひょうし》抜けしたらしい。

「もっと手こずるかと思ったんだが」

「審問官という単語とミルファの名前が効いたみたいですね。さすがリリーナ様だわ。イレーナの反応はリリーナ様が予想した通りでしたもの」

「そら恐ろしくなるくらいにな。だが、これでイレーナを俺たちの用意した舞台にひっぱり出すことができた」

ロイスリーネはにっこり笑う。

「はい、あとは当日ですね。これはミルファに頑張《がんば》ってもらわないと。もちろん、うーちゃんにも」

「……そうだな」

なぜかジークハルトの返事に妙《みょう》な間があったが、ロイスリーネが不審に思うことはなかった。


うさぎの解呪は王宮の大広間を使って三日後に行われることとなった。

王宮魔法使いの長であるライナスが国を離れている（ということになっている）うちに行った方がいいと判断されたからだ。

「ライナスがいれば聖女の手を借りる前に簡単に解いてしまえるものね。ただ、国の防衛上あまりライナスを長い間留守にしておくことはできないみたいだから、早めにすましてしまうことになったのよ、うーちゃん」

ロイスリーネはうさぎを膝《ひざ》に乗せて説明する。

「本当はうーちゃんを呪いになんてかけたくないんだけど、それしかないみたいだから、我慢《がまん》するわ。だからうーちゃんも少しの間だけ我慢してね？」

柔《やわ》らかな毛に覆われた頬《ほお》を撫《な》でると、うさぎは嬉《うれ》しそうにロイスリーネの指に顔をこすりつけてくる。

——あーん、なんて可愛いのかしら。こんなに可愛いうーちゃんが呪いにかかるなんて、ヤラセだからいいけど、もし本当だったらきっと私は大パニックになる自信があるわ。

「呪いでぐったりしているうーちゃんなんて見たくないからさっさと終わらせたいわね。そうすればもうイレーナに振り回されることもなくなるから。……いや、振り回されていたのは陛下だし、一番被害《ひがい》を被《こうむ》っているのも陛下だけど。陛下のためにも早いところ解決したいわ。ね、うーちゃん」

なぜかうさぎはしきりに首を上下に振った。頷いているようにも見えて、ロイスリーネは可愛らしい仕草に胸がきゅんとなった。

ロイスリーネはうさぎを胸に引き上げると、きゅっと抱《だ》きしめる。

「ミルファにも紹介《しょうかい》するわね。もちろん、呪いがかけられる前に。うふふ、ミルファも可愛らしいうーちゃんに夢中になるに違いないわ」

女の子は可愛くてモフモフしたものが大好きだ。だからミルファもそうだとロイスリーネは信じて疑わなかった。

そして迎えた当日。

一足先に馬車でリグイラと共に王宮にやってきていたミルファの元へ、うさぎを抱《かか》えたロイスリーネが現われた。

「おはよう、ミルファ。この子があなたに『解呪』してもらいたいうーちゃんよ」

今日のロイスリーネはワンピースにエプロン姿ではなくドレス姿だ。その姿はどこから見ても王妃らしく、堂々としている。

本来であればミルファはいつもと違うロイスリーネの姿に感嘆《かんたん》し、『緑葉亭』で働いている彼女とのギャップに驚いているはずだった。実際そうだったのだ……ロイスリーネの腕《うで》の中にいるうさぎを見るまでは。

別に『解呪』するのがうさぎであることに驚いているわけではない。諸々《もろもろ》の事情で人ではなく動物の呪いを解呪するという話は聞いている。実際、ミルファも過去に障りによって瀕死《ひんし》になった動物を助けたことがある。

驚いたのは別のことだ。

ミルファの目にはうさぎ（？）はうさぎに見えず、何か小さな物体が赤黒い紐《ひも》にぐるぐる巻きにされている姿が映っていた。かろうじて耳の部分は紐が巻きついていないので、それで動物だということは分かるが、何の安心にもなっていない。少なくともミルファにとっては。

こんな禍々《まがまが》しい「呪い」を、ミルファは一つしか知らなかった。

「へ、へ、へ、へ、陛下……？」

恐る恐る尋ねてみるとロイスリーネはにっこり笑った。

「あら、この子のあだ名を誰かから聞いて知っているのね？　本当の名前は陛下と同じでジークというの。だから陛下って呼ばれているみたい。でも私にとってはうーちゃんなの。ねー、うーちゃん」

言いながらロイスリーネはその赤黒い紐にぐるぐる巻きにされている物体に何度もキスを落とす。おそらく顔とか鼻にキスをしているのかもしれないが、ミルファからすればその行為《こうい》は理解しがたい絵面でしかない。

――ど、どうして陛下が動物の姿になっているの？　魔法？　いえ、それよりもリーネさんはあのうさぎ（？）が陛下であることに気づいていないの？　どういうこと？　そして私はどうしたら……！

混乱し、固まったままのミルファの肩を慰めるように叩く手があった。リグイラだ。

「そうだね。うん、あんたには分かるんだったっけ。ミルファ、悪いことは言わないから、

黙《だま》っていた方がいいよ。でないと陛下に一生恨《うら》まれる」

小声で忠告され、ミルファは冷や汗をかきながらもコクンと頷いた。小さい頃からギフトのせいで苦労していたミルファは、空気が読める子だった。

うさぎ（？）からも「言うんじゃねえぞ」みたいな圧を感じるので、ここはリグイラの忠告に従った方がいいだろう。そう判断した。

その後、ミルファは引きつった笑みを浮かべながら「うーちゃん」の可愛さと愛らしさ自慢《じまん》をするロイスリーネの話を上の空で聞いていた。

——怖《こわ》い。私は一体何を見せられているの？　モフモフ？　紐でぐるぐる巻きにされた物体はとてもモフモフには見えませんよ、リーネさん！　でも一番何が怖いって、リーネさんがちっともそのうさぎ（？）の正体に気づいていないことだわ。

ちなみに「ミルファも抱いてみる？」と聞かれたが、速攻《そっこう》でお断りした。あの赤黒い紐は神の呪いだ。触れた瞬間《しゅんかん》ミルファに牙《きば》を剝《む》くだろう。

普段《ふだん》ならいつもとは違うミルファの様子にいち早く気づくロイスリーネなのだが、あいにくとうさぎに関してだけは目が曇《くも》っている。言葉少ないミルファを「うーちゃんの愛らしさに言葉もないのね」と都合良く解釈《かいしゃく》したらしかった。

「それじゃあ、また大広間でね、ミルファ」

「は、はい……」

うさぎを抱えたロイスリーネが部屋を出ていくと、ミルファは深いため息を漏《も》らした。

『解呪』のギフトを持つミルファは、ジークハルトがあのような姿を取っている理由がなんとなく理解できた。

――うさぎ（？）の時は赤黒い紐の量が減っているみたいだもの。そういうことなんだろうなぁ。でもどうしよう。

「ご苦労さん」

ポンポンとミルファの肩を叩いてリグイラが労う。ミルファは目に涙《なみだ》を浮かべながらリグイラに訴《うった》えた。

「リグイラさん、私、陛下を『解呪』するんですよね？　アレに触れずにライナスさんの呪いだけ『解呪』できるか自信ないんですけどぉ……！」


ミルファの部屋を出た後、ロイスリーネは呪いをかけてもらうためにジークハルトの執務室にいるライナスのところにうさぎを連れていった。

「お願いね、ライナス」

「承知いたしました。ご心配には及《およ》びません。動けなくなる呪いをかけるだけですから。

呪いの度合いを深くするとミルファ嬢《じょう》の目には黒い紐に見えるらしいので、今回は区別するために限りなく白に近い灰色の呪いを付加することにしております」

「区別するため？　区別する必要があるの？」

ライナスが言っていることがいまいち分からずロイスリーネは首を傾《かし》げる。だが、ライナスが「はい」とさらりと肯定《こうてい》したので、そんなものかと思い、詮索《せんさく》することはなかった。

「リーネ様。そろそろリーネ様も支度《したく》をしませんと」

「そうね」

エマに促されて執務室の扉に足を向ける。

「それでは王妃様、のちほど」

声をかけてきたのはカーティスだ。執務室にジークハルトとエイベルの姿はない。席を外しているのだという。

――そういえば朝食以来、陛下を見ていない気がするわ。

もちろん、いつも別行動をしているので、ジークハルトと顔を合わせることの方が少ないのだが、執務室にその主の姿が見えないのは少し変な感じがしてしまうのだった。

――執務室に行けばいつも陛下に会えていたからかしらね……。なんとなくあの椅子《いす》に誰も座っていないのが少し寂《さび》しいだなんて。この後すぐに陛下とは会えるのに。

「いけない。ぼーっとしている暇《ひま》はないわね」

「リーネ様?」

怪訝《けげん》そうにエマが振り返る。ロイスリーネは首を横に振った。

「なんでもないわ。さぁ、王妃に相応しい姿ですべてを見届けましょう」

謁見用のドレスに着替《きが》え、いつものように女官長と侍女たち、それに護衛の兵士に囲まれながら大広間に向かうと、控《ひか》え室《しつ》にはすでにジークハルトの姿があった。

「陛下」

なんとなくホッとしながらジークハルトに近づく。が、違和感《いわかん》を覚えてロイスリーネの足が止まった。

「ロイスリーネ?」

怪訝そうにロイスリーネを見返しているジークハルトはいつもと変わらないように見えた。キラキラした銀髪《ぎんぱつ》も、青灰色の目も。嫌になるくらいに整った美貌も、無表情の顔も。

けれど「違う」のだと、ロイスリーネの勘が訴えている。

「……もしかして、エイベル?」

ジークハルトはカインとして活動している間、国王の不在をごまかすためいつも従者のエイベルを魔法で自分そっくりに変装させて身代わりにしているのだ。

「あー、やっぱり王妃様には分かっちゃうか」

目の前のジークハルトがへらりと笑う。もちろん、ジークハルトはそんな表情は絶対にしない。

「エイベルなのね。陛下はどうしたの？」

「ジークは事情があって別行動です。国王業は玉座に座っているだけだから僕でも問題ないだろうって」

「えええ？」

「あ、一応大広間にはいるそうです。僕、こんな大勢の前でジークを演じるのは初めてだから、王妃様とカーティスにフォローはまかせますので、よろしくお願いします！」

「よろしくって……」

思わずロイスリーネは絶句したが、いないものは仕方ない。今さら会場のどこかにいるカインを探して連れてくるわけにもいかないのだ。

——陛下のことだから、ちゃんとした理由があってのことでしょうけど……仕方ないわ。

深いため息をつくとロイスリーネは頭を切り替えた。

「分かったわ。よろしくお願いします、陛下」

「よろしく頼《たの》みます。……ロイスリーネ」

代役に慣れているエイベルも瞬時《しゅんじ》に「国王ジークハルト」になりきり、表情を消して手を差し伸《の》べた。

「そろそろ時間だ。行こう」

「ええ」

ジークハルト――いや、エイベルに手を預けて、ロイスリーネも「王妃の微笑」を浮かべる。

報告では本日の主役であるファミリア神殿の聖女イレーナと、彼女の後見人であるガイウス神殿長もすでに広間に入って待機しているようだ。

国王夫妻が入場すると、一斉《いっせい》に拍手《はくしゅ》が湧《わ》いた。

ジークハルト（エイベル）とロイスリーネが玉座につき、そこで改めて大広間を見回したロイスリーネは、予想以上の人の多さに思わず苦笑を浮かべる。

――急な招待だったのに、これほど人が集まるなんて。

タリス公爵など一家総出でやってきている。同じように夫人や令息などを連れてきている貴族も多い。しかも大広間にいるのは招待された貴族だけではなく、王宮に勤める文官たちの姿まである。みんな聖女イレーナが本物なのかどうか興味津々のようだった。

――まるで見世物ね。実際、見世物のようなものだけれど。

そんな雰囲気の中、聖女イレーナは自信満々の表情で大広間の中央に立っていた。その前に置いてあるのは小さなテーブルだ。

イレーナから少し離れた場所には彼女の後見人でもあるガイウスが立っている。彼はイレーナとは違い、少し硬《かた》い表情だ。

正直に言えばロイスリーネはガイウスが来るとは思っていなかった。なぜなら彼はイレーナが大勢の前で『解呪』をすることに反対していたからだ。

『大勢の前で呪いを解くだと⁉　なぜそんなことを承諾したんだ！　解呪できなければお前は完全に終わりなんだぞ！』

会話が筒抜けになる魔道具から聞こえてきたのは、激昂《げきこう》するガイウスの声だった。一方、イレーナはガイウスの危惧《きぐ》を余所《よそ》に自信満々だった。

『動物の障りなんて簡単に解けるわ。皆の前でやれば一気に噂を払拭できるじゃないの。私はやるわよ。後に引けないもの』

『できなかったらどうする気だ』

『失敗なんてしないわ』

イレーナは自分が失敗するとは微塵も思っていないのだ。けれどガイウスはイレーナの実力をよく知っている。イレーナが精神操作系統の魔法以外は三流の実力しか持っていないことも。

それでも今日のことを阻止《そし》しなかったのは、審問官を呼ばれたら自分たちは終わりだと分かっているからだろう。

──てっきり逃《に》げ出す準備でもするかと思っていたのに、イレーナについてくるなんて。貴族にアピールする場は逃《のが》せないと思ったのかしら？

いずれにしろ、二人とも自分たちの行いの報《むく》いを受ける時がきたのだ。

拍手が収まったところでジークハルト（エイベル）が玉座から広間中に聞こえるように声を張り上げる。

「皆、今日はよく集まってくれた。最近皆もよく知っているある噂についての真偽《しんぎ》を確かめるため、この場を用意した。皆は証人としてその目で確かめてみてくれ」

ジークハルト（エイベル）がカーティスを見る。カーティスがそれを受けて合図をすると、先ほどロイスリーネたちが入ってきた横の扉から侍従《じじゅう》たちの手によって小さなベッドが運ばれてくる。

ベッドの中央にいるのは、ぐったりと横たわる青灰色の小さなうさぎだった。

――うーちゃん！

思わず腰《こし》を浮かしそうになったが、ロイスリーネはぐっとこらえる。本当は駆《か》け寄《よ》りたいが「王妃」としては許されない。

うさぎは聖女イレーナの前に設置されたテーブルの上に運ばれた。

「このうさぎは離宮《りきゅう》で飼われているうちの一匹《いっぴき》だ。私も王妃も可愛がっているのだが、数日前突然倒《たお》れてな。獣医に調べさせたところ、障りに触れてしまい、呪いのような状態になっているとのことだ。そこで聖女イレーナに『解呪』してもらい、元の元気な姿に戻してもらおうと思う。それで最近出回っている噂にも決着がつくだろう。さぁ、聖女イレーナ、頼んだぞ。皆の前で見事『解呪』してみせるがいい」

「はい。私が陛下のうさぎを救ってみせますわ」

自信ありげに微笑みながら頷き、うさぎに近づいたとたん、イレーナの顔から余裕の笑みが失われた。

「どうした、聖女イレーナ。貴殿の力を皆に示すがよい」

様子の変わった聖女イレーナにジークハルト（エイベル）が声をかける。

「いえ、その……あの……」

イレーナの顔色がみるみると青くなり、次第に白くなった。

——簡単に解呪できるはずが、無理だって分かったようね。そりゃあ、あなたに解けるはずがないわ。うーちゃんにかかっているのはライナスが作り上げた魔法なのだから。

ライナスがうさぎにかけた魔法は、一見障りによる呪いに見える。けれど、その核《かく》は巧《たく》みに隠され、よほど優《すぐ》れた魔法使いでなければ見つけることができないようになっていた。

いくら魔法使いだとしても三流のイレーナには、ライナスの魔法を解くことは無理なのだ。

一言で「呪い」といっても色々な種類がある。魔法で作られた呪いや、障りという自然に発生するもの、それに人の抑《おさ》えきれない悪意が魔力を帯びて呪いとなる例もある。

いずれも魔法を使って取り除くことはできるが、魔法による「解呪」の場合はその呪いの核となるものを見極《みきわ》める必要があった。核を知ることで呪いの性質や特性にあった解呪の術式を展開できるようになるのだ。裏を返せば、性質が分からなければ魔法で解くことはできないということになる。

呪いの核が分からなくても呪いそのものを粉砕《ふんさい》して解くことができるのは、ギフトによる『解呪』だけ。だからこそ『解呪』のギフトは貴重で唯一《ゆいいつ》なのだ。

すっかり固まって動けなくなったイレーナに、周囲がざわめき始める。

「やはり噂の通り……」

「やっぱり偽物の聖女なのでは？」

「なんてことだ。騙《だま》されていたのか、私たちは」

そんな声が会場のあちこちから聞こえてくる。

ロイスリーネは優しげな口調でさらにイレーナを追いつめた。

「どうしました、聖女イレーナ？　あなたの力を示す時です。もしや……動物の呪いはやはり解きたくないと？」

「い、いえ、そんなことは……。ですが、その……」

血の気を失った顔で、ようやくイレーナは言葉を発したものの、その声には力がなく明らかに震《ふる》えていた。

集まった人々は「解かないのではなく解けない」のだと悟《さと》り、イレーナに非難の目を向け始める。それを肌《はだ》で感じたイレーナはますます狼狽《ろうばい》した。

「きょ、今日は、その、具合が悪くて、調子が出ませんので……」

この危機を抜け出すために、回らない頭で弁明をするが、それを信じる者はもはやこの場にはいない。

ロイスリーネはトドメとばかりに残念そうな表情を作って言った。

「そうですか……。残念ですわね。でもご安心を、聖女イレーナ。もしもの場合のことを考えて、別の方をお呼びしておりましたの」

言いながらエマに合図を送ると、エマは頷いて一度外に出ると白い聖女の服を身にまとった少女と一緒に戻ってきた。

その少女の姿を見て、イレーナは目を見開く。

「……ミルファ……？」

エマと一緒に大広間に入ってきたのはミルファだった。『影《かげ》』たちが神殿に忍《しの》び込んで調達してきた聖女の服に着替え、元の髪と目の色を取り戻したミルファは愛らしく、けれどとても神々《こうごう》しく見えた。

「皆様に紹介しましょう。彼女は聖女ミルファ。王都のファミリア神殿に所属する聖女で、『解呪』のギフトを持っています。私の親戚である『鑑定の聖女』ロレインが見いだした本物の聖女ですわ。ミルファ、お願いします」

ミルファは緊張《きんちょう》した面持《おもも》ちだったが、ロイスリーネの言葉に頷いた。

「はい。王妃様」

そして大広間の中央に置かれた小さなベッドに近づいていく。ベッドの前にいたイレーナはミルファが近づくにつれ、青ざめた顔でじりじりと後ろに下がっていった。

やがて小さなベッドの前に立ったミルファはうさぎを覗《のぞ》き込んでホッと安堵《あんど》の息を吐く。うさぎに巻きつく赤黒い禍々しい紐に混じって、ほんのり灰色がかっているキラキラと輝《かがや》く紐が見えたからだ。

ライナスの作り上げた魔法は、呪いは呪いでも悪意のない呪《まじない》だ。夜の神の呪いとは明らかに違う。

「これなら私でも大丈夫だわ」

小さく呟きながらそっと手を伸ばし、赤黒い紐には触れずに、白く輝く紐に触れる。そのとたん、白い紐は霧散して消えた。

ベッドに横たわっていたうさぎがパチリと目を開ける。むくりと起き上がったうさぎは頭を巡《めぐ》らし、ロイスリーネの姿を見つけると「きゅう」と可愛らしい声で鳴いた。

「うーちゃん！」

ロイスリーネはたまらず玉座から立ち上がり、小さなベッドに駆け寄ると、うさぎを胸に抱きしめる。

「よかった。うーちゃん、よかった」

王妃に相応しくない行動だったが、誰もロイスリーネの行動を不作法だとは思わなかった。むしろ、本気でうさぎを心配している王妃と思われたようだ。

「おお、呪いが解けたぞ！」

「さすが本物の聖女様だ」

「これが『解呪』のギフトなのね。初めて見たわ」

あちこちから歓声《かんせい》があがる。中には周囲に説明している者までいた。

「魔力がある者なら分かるが、聖女ミルファがうさぎに手を翳《かざ》した瞬間、こう、うさぎにかかっていた魔力が弾《はじ》けたのが気配で分かった」

「ああ、呪文《じゅもん》もなくただ触れるだけなのにすごいな」

歓声と感嘆の声が広がる中、ロイスリーネがミルファに礼を言う。

「ありがとう、ミルファ」

「ありがとう、ございます。王妃様、呪いが解けてよかったです」

ミルファは嬉しそうに笑った。

目のあたりにしたギフトの力に広間中が盛り上がる中、唇を噛みしめたイレーナと不機《ふき》嫌《げん》そうなガイウスがこそこそと大広間を後にする。

扉から出る直前、イレーナは大広間を振り返り、中央で微笑み合うロイスリーネとミルファに憎々《にくにく》しげな視線を送った。

一方、ガイウスは少し様子が違う。悔《くや》しい顔をすることはなく、値踏《ねぶ》みをするような視線をミルファに投げかけ——そして二人は王宮を出ていくのだった。

その日の夜、『緑葉亭』では王宮での出来事を酒《さけ》の肴《さかな》に大いに盛り上がっていた。大広間で起きたことは瞬《また》く間《ま》に貴族たちだけではなく、市民にまで広がり大きな話題になっていたのだ。

いつもは昼間しかいないウェイトレスが、今日はいいことがあったお祝いだからと、二人とも夜に店に出て給仕をしている。もちろん、その中の一人が話題になっている「本物の聖女様」であることを客の大半は知らない。

「偽の聖女様は一体どうなるんだろうな？」

「そりゃあ、審問官の裁きにあうんじゃねえの？」

「信者は大変だな。え？　お前も信者じゃないかって？　おれは年に一度くらいしか神殿にはいかないよ。熱心な信者以外、みんなそんなもんじゃないか？」

「だな！　苦しい時の神だのみだもんな！」

酒が入っているからか、皆いつもより陽気だった。

どんちゃん騒ぎは遅《おそ》くまで続き、最後の客が店を後にした時は真夜中を過ぎていた。

それから店の中を片づけ、家の者が二階の住居の方に移動するまでには一時間。そこからさらに住人が全員寝静《ねしず》まるまでさらに一時間ほど待ち、男たちが行動を開始する。

夜の営業中に、二階に侵入《しんにゅう》してあらかじめ間取りを把握していた男たちは、目標が眠っているであろう部屋に忍び込んだ。だがそこで予定外の事態に出くわす。

一人で寝ていると思われていた目標は、一人ではなく同僚《どうりょう》と思《おぼ》しき女性とベッドを共有していたのだ。戸惑っている間に同僚らしき女性が気配を感じてか目を覚まし、男たちに気づいて声を上げる。

男たちは迷ったものの、同僚の方も目標と一緒に拉致《らち》することにした。殺して口封じをするのは簡単だったが、大事にして王宮から疑いを持たれることを雇《やと》い主《ぬし》が恐れていたからだ。

悲鳴を上げる女性の口をふさいで気絶させると、目標と一緒にシーツにぐるぐる巻きにして運び出す。幸いなことに他の住人は起きてこないようだ。

こうして男たちはあっけないほど簡単に目標（と同僚）を拉致することができた。雇い主のところへ届ければ法外な報酬《ほうしゅう》が約束されている。

白いシーツに包まれた二つの物体を抱えて運ぶ彼らは気づいていなかった。『緑葉亭』の屋根の上から彼らを見つめる目があることを。

「やれやれ、本当に予想通りの行動に出てくれるもんだね」

「まったく、想定内すぎて面白みもねえ」

店の主であるリグイラとその夫のキーツだ。

会話を交《か》わす二人は限りなく黒に近い灰色の服を身にまとっている。その姿は完全に夜の闇《やみ》に溶《と》け込んでいた。

「さて、そろそろあたしらも行こうか。奴《やつ》らを成敗しにね」

「おう」

次の瞬間、二人の身体は屋根の上から消《き》え失《う》せる。と同時にいくつもの影が夜の闇に飛び出していった。

第六章 お飾り王妃、偽聖女を成敗する

四人組の男たちによって『緑葉亭《りょくようてい》』から拉致《らち》されたミルファは、神殿《しんでん》に着くやいなやロイスリーネと引《ひ》き離《はな》され、ガイウスの元に連れてこられた。

奇《く》しくも偽《にせ》聖女だからと追放を宣告されたのと同じ部屋に通されたミルファは、満面の笑《え》みをたたえたガイウスに迎《むか》えられる。

「久しぶりだね。聖女ミルファ」

にこやかに挨拶《あいさつ》をする男に、ミルファは険しい視線を向けた。

「ガイウス神殿長。これは一体何の真似《まね》です？　私を追放したのはガイウス神殿長と聖女イレーナではありませんか。それなのに私とリーネさんを無理矢理攫《さら》って来るなんて」

「君を追放したのは間違《まちが》いだった。だがこれも偽聖女のイレーナに騙《だま》されたせいだ。君は聖女で、聖女は神殿にいるべきなのだから、私が君を連れ戻《もど》すのは当然のことだ」

「しらじらしい」

ミルファは怒《おこ》っていた。イレーナに騙されていたと言うが、彼女が偽物であることをガ

イウスが始めから知っていて利用していたこと、神殿を支配するために魅了《みりょう》と洗脳をさせていたことをミルファは知っている。

……そのイレーナを捨て、今度はミルファを利用しようとしていることも。

「今すぐ私とリーネさんを『緑葉亭』に帰してください。私はあなたとイレーナがいる限り、神殿に戻るつもりはありません！」

「それは困ったね。イレーナは偽聖女だから近々罰《ばつ》を与《あた》えて追放する予定だが、私はこの先もルベイラの神殿長を続けるつもりなんだ」

「では私のことは忘れてください」

「それはできないよ。君は聖女だ。しかもルベイラの王族や貴族の前で奇跡《きせき》を起こして認められた本物の聖女。そんな君を私が逃《に》がすとでも？　……それはそうと、聖女ミルファ。君は王都の小さな食堂で働いていたそうじゃないか」

急に話題と口調が変わった。警戒《けいかい》しながらミルファは尋《たず》ねる。

「……それが何か？」

するとガイウス神殿長の口元に歪《ゆが》んだ笑みが浮《う》かんだ。

「そんな態度を取っていいのかね？　君と仲のいい同僚《どうりょう》が今もこの神殿の中にいる。その意味が分からないわけではないよね？　ああ、そうだ。私の一存で彼女はいかようにもなる、と付け加えておこう」

ミルファは身体《からだ》を硬《かた》くした。唇《くちびる》をキュッと噛《か》みしめてから、ガイウスを睨《にら》みつける。

「私を脅《おど》すつもりですか？」

「脅すわけじゃない。ただ、忠告しているだけだ。君が私に協力してくれるのであれば、同僚は無事に店に帰そうじゃないか。ただ、君が断った場合はどうなるか分からないし、小さな食堂などあっという間に潰《つぶ》れてしまうだろうね」

「卑怯者《ひきょうもの》……！」

それは完全な脅しだった。ミルファが協力しなければロイスリーネは無事ではすまないし、世話になっている店まで手にかけるとガイウスは言っているのだ。

「卑怯？　心外だな。私は女神《めがみ》ファミリアに仕える従順な使徒だ。女神のお心を万人《ばんにん》に伝えるのが役目さ。さて、今日はもう遅《おそ》い。部屋に案内させるから、そこで一晩私の言ったことをよく考えてみるといい。……連れていけ」

ガイウスは部屋の隅《すみ》に控《ひか》えていた神官に命じる。その神官はミルファもよく見知っている人物だった。ミルファの記憶《きおく》の中にある神官は、明るく朗《ほが》らかな人物だったが、今の彼は無表情でにこりともしない。

ミルファは促《うなが》されてガイウスの部屋を出ながらそっと神官の首元を窺《うかが》う。思った通り、真っ赤な糸が彼の首に巻きついていた。それも一本ではなく何本も。

黒い紐《ひも》が悪意を持った呪《のろ》いならば、この赤い糸はもしかしたらイレーナの魅了、もしくは洗脳魔法《まほう》の痕跡《こんせき》なのかもしれない、とミルファは思った。

黒い紐――つまり「呪い」であるならば、ミルファにはそれがなんであれ解くことができると自信を持って言える。けれど赤い糸は呪いではないようなので、どうやって断《た》ち切《き》ったらいいのか分からなかった。

――やっぱりライナスさんたちに解いてもらうしか……。

通された部屋は豪華《ごうか》な装飾品《そうしょくひん》の置かれた客間だった。聖女だった頃《ころ》の部屋はもっと狭《せま》くて華美《かび》なものが一切《いっさい》ない部屋だったため、まったく落ち着かない。

「はぁ……」

居心地《いごこち》の悪さにミルファは深いため息をつく。

幸い部屋の中では一人になることができたが、外には見張りがいるらしく、自由に部屋の外には出られない。当然だ。ガイウスはミルファを逃《のが》すつもりなどないのだから。

窓はなく、扉《とびら》から出る以外に脱出《だっしゅつ》する方法はなさそうだ。

開かない扉を恨《うら》めしそうに睨みつけてから、ミルファは心配そうに呟《つぶや》いた。

「リーネさん、大丈夫《だいじょうぶ》かな？　ひどい目に遭《あ》ってないといいんだけれど……」

「ミルファ、大丈夫かしら？」

同じ時間、奇しくもミルファと同じようなことをロイスリーネは呟いていた。

ミルファと一緒に拉致されたロイスリーネは、神殿に到着《とうちゃく》して早々にミルファと引き離されて、狭い独房《どくぼう》のような部屋に入れられた。小さな机と椅子《いす》だけがポツンと置いてある奇妙《きみょう》な部屋だ。

窓はなく、扉も鉄格子《てつごうし》ではないが、内側からは開けられないようになっている。

ロイスリーネは知らなかったが、この部屋は神殿で規則を破った者が入れられる反省室と言われているところで、部屋全体に魔法封《ふう》じが施《ほどこ》されている特殊《とくしゅ》な部屋だった。

どうやらロイスリーネに魔力《まりょく》があったため、このような部屋に運ばれたらしい。

「ミルファは無事だよ。今は客室の一つに監禁《かんきん》されてはいるが」

不意に声がして、灰色の装束《しょうぞく》をまとったリグイラが現《あら》われる。

「リグイラさん。そう。無事ならよかったわ」

「だけど、予想通りあんたの身を盾《たて》にガイウスに協力しろと脅されたようだ。『緑葉亭』を潰すとも言われたらしい。ハンッ、できるもんならやってみろっていうのさ」

リグイラはガイウスの脅しを鼻で笑った。確かにファミリア神殿の神殿長ともなれば小さな食堂を潰すのは造作もないだろうが、『緑葉亭』に限っては不可能だ。何しろ王家が後ろについているのだから。

「卑劣《ひれつ》な手でミルファを脅すなんて、ガイウス神殿長は本当に性根《しょうね》が腐《くさ》っているわね。

「……それにしても、ことごとくカーティスの予想通りになるわね」

呆《あき》れたようにロイスリーネは呟いた。

そう、ガイウス神殿長がこういう行動を取ることは予測がついていたことだった。

聖女イレーナに関しては偽物だと証明したことで、公的な立場を奪《うば》うことができた。もう彼女は王宮に来ることもできないし、貴族を懐柔《かいじゅう》することもないだろう。

けれど、ガイウスは別だ。すべての罪をイレーナに着せて逃れる可能性があった。いや、絶対にそうするだろうという確信があった。

『野心家でそれなりに頭は回るようですからね。ああいう手合いはトカゲの尻尾《しっぽ》切りをすることで早々に自分だけは逃れようとするでしょう』

とはカーティスの談だ。

『しかも今回はおあつらえ向きに新たな駒《こま》となる聖女もいます。イレーナにすべての罪を着せることで審問官《しんもんかん》をごまかし、次なる野心のためにミルファを使おうとするでしょう』

残念ながらルベイラ王家といえども直接神殿長であるガイウスを捕《とら》えたり、尋問《じんもん》したりすることはできない。王家と宗教は互《たが》いに不干渉《ふかんしょう》というのがルールだからだ。

イレーナが偽物だと暴けても、彼女を聖女だと騙《かた》った罪で捕《つか》まえることができないのも同じ理由だ。それはファミリア神殿を統括《とうかつ》する大神殿が行うことで、ロイスリーネたちにはどうすることもできないのが現状だった。

けれどこのまま手をこまねいているわけにもいかない。イレーナの魅了と洗脳のせいで王都の神殿内部はめちゃくちゃになっている。聖女たちは監視《かんし》され、イレーナの魔法にかからなかった神官や兵士たちも、わけが分からず混乱している。

――正直に言えば審問官が来て裁決するのを待っている余裕《よゆう》はないのよね。その審問官も偽聖女であるイレーナは罰しても、ミルファたちの味方になってくれるとは限らないし。神殿には神殿内の権力のバランスがある。内部監査《かんさ》機関が不都合なことに目をつぶることも、残念ながら大きな組織にはよくあることだ。

――であれば、審問官が目をつぶることができないほどの騒動《そうどう》をガイウス神殿長自身に起こしてもらうしかないじゃない？

介入《かいにゅう》できないのであれば、介入する機会を強引《ごういん》に作るしかない。これがジークハルトとカーティスが出した答えだった。ロイスリーネも否《いな》やはない。

「リグイラさん、ルベイラ軍の動向は？」

ロイスリーネが尋ねるとリグイラが答えた。

「夜が明けるのを待ってこの神殿を包囲して突入《とつにゅう》する予定だ。ベルハイン将軍が直々に出られるらしい」

「将軍まで担《かつ》ぎ出《だ》してきたの？」

ベルハイン将軍というのは、軍の最高責任者だ。名目上は国王であるジークハルトが将軍の上の元帥《げんすい》という地位にあるが、実質的に軍を取りまとめているのはベルハイン将軍だった。

「そりゃあそうさ。なんせ王妃様が神殿長の手の者に攫われて、囚《とら》われているんだよ。将軍が表に出なくてどうするのさ」

リグイラが楽しそうに笑う。

そう。神殿に王家が介入するための口実として、ロイスリーネはわざとミルファと一緒に拉致されたのだ。

ガイウスが追い出したことがばれないため、また新たな自分の駒にするため、ミルファを捜《さが》しているのは前から分かっていた。その上、大勢の前で『解呪《かいじゅ》』のギフトを使い、貴族や王族に本物の聖女だと認められたミルファならば、強引な手を使ってでも手に入れようとするだろう。

そこで跡《あと》をつけられているのを知りながら、わざとリグイラは変装させないで王宮からミルファを連れて『緑葉亭』に戻った。居場所さえ分《ふ》かれば、ガイウスは子飼いのごろつきたちに命じてミルファを拉致させるだろうと踏んだのだ。読みは完璧《かんぺき》に当たった。

そしてロイスリーネはミルファと一緒の部屋で寝《ね》て、わざと騒《さわ》ぎ立《た》てて自分も一緒に拉致させた。すべては「王妃がガイウス神殿長の手の者に拉致されて、神殿に囚われている」という状況《じょうきょう》を作り出すために。

王妃が拉致されたのであれば、ルベイラ王家が神殿に介入する理由として成り立つ。またその権利もある。

——そしてルベイラ国の王妃を拉致したガイウス神殿長を、大神殿は罰しないわけにはいかなくなるって寸法よ。

ちなみにジークハルトはロイスリーネを拉致する計画には反対したのだが、こうするしかないと押し切って実行したのは何を隠《かく》そうロイスリーネ自身だ。

——『影《かげ》』のみんなが守ってくれるっていうのに、陛下《へいか》ったら過保護すぎるわ。でもそれだけ私を心配してくれているということだから……。

だが現実問題として、ルベイラ軍が介入するほど重要人物であり、かつ、相手にそれと気づかれず拉致させるとなればロイスリーネしか適任がいないことは明らかだ。

「今のところうまくいっているみたいですね」

「ああ。夜が明けて合図と同時にルベイラ軍がなだれ込んでくる。正気の者はおそらく無《む》抵抗《ていこう》だろうが、イレーナに魅了されたり洗脳された連中は激しく抵抗してくるだろう。そいつらはライナスが率いている王宮魔法使いたちが片っ端《かたぱし》から魔法を解いていく予定だ。強い支配を受けているであろう上の連中さえ正気に戻してしまえば、制圧は簡単だろうさ。その間に聖女たちを解放する」

リグイラは一つずつ確認《かくにん》するように計画を挙げていく。

「ガイウス神殿長はカインが……いや、陛下が直々《じきじき》に引導を渡《わた》す予定だ。だからあんたはこの部屋でじっと助けが来るのを待っていればいい。陛下とそう約束しただろう？」

「……ええ。でも……」

ロイスリーネが囮《おとり》になることを承諾《しょうだく》する代わりに、ジークハルトは彼女が何もせず大人しく助けを待つことを条件にした。どうも自由にさせると何をするか分からないと思われているらしい。

――心外だわ。私だって分別があるのだから、ここで大人しく助けが来るまで「囚われの王妃」を演じるべきだって分かっている。……でも、でもね？　それじゃ気持ちが収まらないのよ！

何に対してと言えば、イレーナに対してだ。

イレーナはすでに破滅《はめつ》していると言ってもいい。偽聖女だったという事実が広まっているので、肩身《かたみ》は狭いだろうし、王宮に来ることもない。遠くないうちに審問官によって裁かれる運命だ。

だからもう二度とロイスリーネやジークハルトを煩《わずら》わせることはないだろう。

――でもそれで「はい、終わり」じゃ、私の気が収まらない。

「リグイラさん、私、イレーナに会いに行きます」

「は？　ちょっとリーネ、あんた何を考えているんだい？」

さすがのリグイラも、ロイスリーネの発言に仰天《ぎょうてん》したようだった。

「言いたいことを言ってやらないと気が済まないんです」

ロイスリーネはずっとイレーナに対してもやもやした気持ちを抱《いだ》いてきた。偽聖女だと暴いたことで気が収まるかと思いきや、それとはまた違《ちが》った感情らしい。母親と同じ『解呪』のギフトを騙ったことが許せないのかとも思ったが、それはほんの一部の理由でしかなかった。

自覚していなかったが、ロイスリーネはイレーナに相当腹を立てていたようだ。

――だって陛下には私という妻がいることを知っていて、ベタベタしていたのよ。女として許せないわよね⁉

要するにロイスリーネはイレーナに「私の男にベタベタすんじゃねえ」と言いたいのである。けれど王妃という立場では、そんなこと言えっこない。そのためずっと心の中でどうにもならない想《おも》いを溜《た》め込んでいたのだ。

「大勢の前で『解呪』をさせるために一度だけ対峙《たいじ》しましたけど、あれはシナリオ通りに従っただけだったので、言い足りない。絶対的に足りないんです！　これは私の女としての名誉《めいよ》がかかっているんです」

「陛下にここにいろと言われただろう？」

「だけどこの機を逃したら、二度とイレーナに会うことはないじゃないですか。言いたいことを本人にぶつけるなら今この時しかないんです！　お願い、リグイラさん。私をイレーナのところに行かせてください！」

一生懸命頼《いっしょうけんめいたの》むと、リグイラは困ったように頭を——実際には頭巾《ずきん》をかぶっているので髪《かみ》の毛《け》は出ていなかったが——掻《か》いて言った。

「あんたがそこまでムキになるとはね。ところであんた、なんでそうまで腹を立てているのか、自分でも分かっているのかい？」

「……——分かっていますよ」

ボソッと呟いた後、ロイスリーネは認めた。自分の心の根底にある気持ちを。

「そうです。私は嫉妬《しっと》しているんです。陛下に言い寄っていたイレーナに。……だって、私の陛下なのに」

最初は恋愛《れんあい》感情なんてないはずだった。恋《こい》になる前に彼の恋人であるミレイの存在を知ってしまい、絶対に恋心など抱くまいと心の中で壁《かべ》を作っていたのだ。

でも、ジークハルトが自分をずっと守ろうとしていた真相を知り、その壁は少しずつ壊《こわ》れていった。

——だって、惹《ひ》かれるなという方が無理だわ。私をこんなに大切にしてくれて、私の気持ちを慮《おもんぱか》ってくれる人なんて、家族やエマ以外にはいなかったんだから。

国王と王妃として笑い合いたいと思ったのも、初めて会った子どもの頃のように、ロイスリーネに笑顔《えがお》を向けてほしかったから。
ジークハルトの笑顔がどれほど素敵《すてき》で綺麗《きれい》だったのかを、ロイスリーネは知っているのだから。

「……はぁ」

リグイラは深いため息をついた。けれど次に彼女の顔に浮かんだのは笑みだった。

「あとで陛下には叱《しか》られそうだけどね。そこまで言われちゃ女として協力しないわけにはいかないだろう。いいよ、あんたに付き合ってやろう。露払《つゆはら》いはあたしにまかせな」

「リグイラさん！」

ロイスリーネの顔がパァッと明るくなる。

「ただし、今はまだだめだ。敵だらけですぐに捕まっちまうだろうからね。ルベイラ軍が神殿に突入したら、その混乱に紛《まぎ》れてイレーナの部屋に向かおう」

「はい！」

夜が明けたらすべてが動きだす。軍も、ジークハルトも、ロイスリーネも。

リグイラとロイスリーネは夜が明けるのをじっと待つのだった。

ファミリア神殿の朝は早い。

日が昇《のぼ》ると同時に太陽の恵《めぐ》みに感謝し大地の豊穣《ほうじょう》を祈《いの》る儀式《ぎしき》が始まるからだ。女神ファミリアに祈りを捧げることで神官たちの一日は始まる。

この朝の儀式には神殿に住む神官たちだけでなく敬虔《けいけん》な信者も参加する。ただし、神官たちと同じ場所ではない。信者たちが祈る場として、正面玄関《げんかん》から入ってすぐの大聖堂が開放されていた。

今日も数は多くないが大聖堂にはちらほらと信者と思《おぼ》しき者たちが集まり、神官たちの声に合わせて奥の女神像に向かって祈りを捧《ささ》げている。

そこへ明らかに常連の信者ではない、観光客と思しき二人の女性が聖堂に入ってきた。

三十代半ばに見える女性たちは、大聖堂を見渡すなりこそっと囁《ささや》き合う。

「何か淀《よど》んでいるわね、この神殿。嫌《いや》な空気が流れているわ」

「そうね。どうしたのかしら。前に来た時はこんな感じではなかったのに。ジョセフ卿《きょう》が大神殿に行っていて留守にしている影響《えいきょう》かしらね？　私、ちょっと奥を見てくるわ」

そう言って女性の一人が足を向けたのは祭壇《さいだん》のすぐ横にある扉だ。この扉の奥は神殿の関係者以外は立ち入り禁止となっている。

「私も付き合うわ」

もう片方の女性も先を行く女性を追いかける。立ち入り禁止区域への扉に近づいているのを見た神官が注意した。

「申し訳ありませんが、そこは関係者以外は入れません。離れてください」

「あら、私は関係者よ？」

先にたどり着いた女性がそう言った時だった。大聖堂の正面扉が開き、ルベイラ軍の制服を着た兵士たちがなだれ込んできたのだ。

兵士たちの先頭に立っていた立派な甲冑《かっちゅう》を着た初老の男性が、聖堂中に鳴《な》り響《ひび》くような声を上げる。

「我々はルベイラ国軍に所属する、第一部隊である。昨夜この神殿の関係者が王妃ロイスリーネ様を拉致して連れ去った！　なんたる不埒《ふらち》な悪行。今から神殿内をくまなく捜索《そうさく》させてもらう。言っておくが、抵抗する者は容赦《ようしゃ》なく捕縛《ほばく》するぞ！」

これには神官たちも、祈りにきていた信者たちも仰天する。

「な、な、なんですと？」

大聖堂の中は騒然《そうぜん》となった。そんな彼らに構わず、兵士たちが聖堂のあちこちの出入り口から駆け込んでくる。突然《とつぜん》の出来事に混乱する神官たちは、女性たちが祭壇横の扉から神殿奥に入り込んでいったことに気づかなかった。

「拉致ですって。ルベイラの王都は平和だと思ったのに、物騒《ぶっそう》ね」

「本当にね。拉致だなんて、一体あの子は何をしているのかしらね？」

言葉とは裏腹に、先を進む二人は楽しげに笑い合っていた。


突入の合図が出たことを仲間からの連絡《れんらく》で知ったキーツは、ソファでじっとその時を待っていたミルファに告げる。

「時間が来たようだぞ。ミルファ」

灰色の服をまとったキーツの傍《そば》には、これまた同じように灰色の装束に身を包んだマイクとゲールがいる。この三人は連絡係兼《けん》ミルファの護衛役としてずっと傍についていた。

「手はず通りに頼むぞ、ミルファ」

「はい」

キーツの言葉に緊張《きんちょう》の面持《おもも》ちで頷《うなず》いたミルファは、客室の扉に向かう。その間にキーツたち三人はふっと姿を消した。

ミルファは扉をドンドンと激しく叩《たた》きながら声を張り上げる。

「ガイウス神殿長に話があります！　私を神殿長のところへ連れていってください！」

しばらく何度か同じことを繰《く》り返《かえ》すと扉が開き、ミルファをこの部屋に案内した神官が現われた。

「ガイウス神殿長が会われるそうです。どうぞこちらへ」

神殿長の部屋に案内されると、ミルファを迎えたガイウスは上機嫌《じょうきげん》だった。きっとミルファが彼の脅しに負けて自分に協力すると言いに来たと考えているのだろう。

もちろん、こんな男の思い通りになどさせるつもりはない。

「ようこそミルファ。考えてみてくれたのかな？」

「はい。考えてみました」

「それで？」

促されてミルファは息を吸って答えた。

「お断りします。あなたのような人に協力なんてできません」

ガイウスは目を見開き——次の瞬間《しゅんかん》には憤怒《ふんぬ》の表情になった。

「な、何だとっ」

「お前の同僚がどうなってもいいと言うんだな⁉」

その時、廊下《ろうか》からものすごい足音がして、中年の男が扉を開けて入ってくる。

「神官長様……‼」

ミルファが痛ましそうな視線を送る。入ってきた中年の男は真っ先にイレーナによって洗脳され、ガイウスたちの言いなりになってしまった神官長だった。今のミルファはそれが彼の意思ではなく、魔法で無理矢理協力させられていることを知っている。

「なんだ、今は忙《いそが》し……」

「ガイウス神殿長！　ルベイラ国軍が神殿に侵入《しんにゅう》してきました！」

「はぁ？」

神官長の言っていることが理解できなかったのだろう。ガイウスはキョトンとした。

「なぜ国軍が神殿に入ってくるんだ。神殿と王家は互いに不干渉で――」

「神殿の関係者の中に王妃を拉致した者がいて、この神殿に囚われていると！」

「王妃を拉致？　この神殿の者が……まさか……」

その事実にようやく思い至ったのだろう。ガイウスはミルファに驚愕《きょうがく》の視線を送る。

ミルファはにっこり笑って答えた。

「はい。そうです。あなたが私と一緒に攫ってきたのは、王妃ロイスリーネ様ですよ。王妃様の命を盾に私を脅すなんて。あなたは終わりです、ガイウス神殿長」

「この女ぁ！　謀《はか》ったな！　ええい、この女を捕まえろ！」

激昂《げきこう》したガイウスは神官長に命じる。けれどその命令に従おうと神官長が動き始めた瞬間、キーツとマイクとゲールが現われて、あっという間に神官長を拘束《こうそく》した。次に彼らは驚愕するガイウスを余所《よそ》にミルファを案内してきた神官を昏倒《こんとう》させる。

それはほんの瞬《また》く間《ま》のことで、ガイウスは言葉を発する暇《ひま》すらない。

「な、な、な……」

今や立っているのはガイウスだけ。そのガイウスも背後に忍《しの》び寄《よ》っていたマイクに鮮《あざ》やかな手つきで拘束されてしまうのだった。

「残念だったな」

言いながら兵士とライナスと共に現われたのは、軍服姿のカインだった。

「三人を連れていけ」

今の彼はどこから見ても軍の将校といった感じで、慣れた様子で命じると、兵士たちはガイウス、それに床《ゆか》に伸《の》びた神官長や神官たちを担ぎ上げた。兵たちに見られたくないのか、キーツたちはカインが入ってきたのとほぼ同時に姿を消している。

神官長たちを乱暴に扱《あつか》う兵士たちを見て、ミルファは慌《あわ》てて言った。

「ライナスさん、その二人は魔法で洗脳されています。呪いじゃないから私にはどうすることもできません。お願いです。二人を洗脳から解放してあげてください。そうすればもう抵抗しないはずです」

「承知した。ミルファ嬢《じょう》」

ライナスはミルファの肩をポンポンと叩いて労《ねぎら》うと、神官長たちのところへ行き、頭に手を翳《かざ》して何かを呟く。すると、なおも抵抗を続けようともがいていた神官長は急に大人しくなり、やがて何度か瞬《まばた》きをすると不思議そうに周囲を見回した。

「私は……一体……？」

「神官長様。もう大丈夫ですよ！」

ミルファは嬉《うれ》しくなって神官長に駆《か》け寄った。兵士たちは神官長が抵抗をやめたこともあり、拘束を解いて後ろに下がる。

「聖女ミルファ？　これは一体……」

「色々あったんです。あとで説明しますね」

その様子を目にしたガイウスは不利だと悟《さと》ったのだろう。急にこんなことを言い出した。

「ご、誤解だ！　私は王妃様を攫ってなどいない。無関係だ！」

どうやらこの期《ご》に及《およ》んで部下に罪をなすりつけて言い逃れしようとしているらしい。カインは殴《なぐ》りたくなる気持ちを抑《おさ》えながら眉《まゆ》を上げた。

「無関係？　先ほど捕縛した四人組はお前に命じられて『緑葉亭』からミルファとロイスリーネを攫ったと白状したぞ」

「ぬ、濡《ぬ》れ衣《ぎぬ》だ！」

「他人に濡れ衣を着せようとしているのは貴様の方だろうが」

我慢《がまん》ならなくなったカインはつかつかとガイウスに近づくと、拳《こぶし》を握《にぎ》って腹に一撃《いちげき》食らわせた。

「ぐっ……」

立っていられなくなったガイウスは腹を押さえながらその場で前かがみにうずくまる。

「くそっ、私にこんなことをしてただですむと思うなよ！　私には――」

「ああ、お前をここの神殿長に推薦《すいせん》したカーナディー枢機卿《すうききょう》は教皇選にあたって不正をしたことが発覚し、つい先日捕縛されたそうだ。枢機卿や大神官の位も剝奪《はくだつ》されることが決定している」

「……は？」

「カーナディー枢機卿にはいたく気に入られていたようだが、残念だったな」

イレーナが偽物だとバレてもガイウスに余裕があったのは、カーナディー枢機卿という権力者の後ろ盾《うしだて》があったからなのだ。だがそれもカーナディー枢機卿が失脚《しっきゃく》したことでなくなってしまった。今の彼を庇《かば》う者は誰《だれ》もいない。

「……終わった……何もかも……」

ガイウスはその場でがっくりと膝《ひざ》をついた。

カインはガイウスを捕縛するように命じる。すかさず兵士たちはガイウスを縄でぐるぐる巻きにして床に転がした。もう抵抗はなかった。

「終わったな」

滞《とどこお》りなく作戦が終わり、カインは安堵《あんど》の息をつく。

「ご苦労だった、ミルファ。ガイウスを捕えられたのも、君のおかげだ」

ミルファは首を横に振る。

「いいえ、陛下。皆様《みなさま》のおかげです。本当にありがとうございました。ところで、あの、聖女たちのところへ行っていいですか？　皆の無事を確認したいんです」

「ああ、構わない。引き続きキーツたちが君を護衛しているから、危険はないだろう」

「はい。ありがとうございます！」

さっそくミルファは足取りも軽く部屋から出ていった。

「ライナス。彼らの処置が終わったらミルファの後を追って、まだ洗脳されているであろう神殿関係者たちの目を覚ましてやって欲しい」

「御意《ぎょい》」

気を失っている神官の魅了術を解除しながら、ライナスは頷いた。

「順調に神殿内部も制圧しつつある。あとは……」

ロイスリーネの救出に向かい、彼女の無事を確認したら軍を引き上げるだけ――と続けようとしたカインの言葉が途切《とぎ》れる。

ベルハイン将軍が息せき切って現われ、こう言ったからだった。

「陛下、大変でございます！　王妃様のお姿が見えません！　拉致した連中が白状した監禁場所に行ってみたのですが、王妃様のお姿はどこにもなく――」

「あの、お転婆娘《てんばむすめ》め！」

「あ、陛下！」

カインはベルハイン将軍の報告を最後まで聞くことなく、部屋を飛び出していった。


時はほんの少し戻り、ルベイラ軍が神殿に突入して大騒《おおさわ》ぎになっていた頃。

「そろそろかね」

遠くの騒ぎがロイスリーネのいる反省室まで届き、リグイラが呟いた。

「そのようですね。私たちも行きましょう、リグイラさん」

ロイスリーネは椅子から立ち上がり、戸口に向かう。

「あ、リーネ。その扉は魔法がかかっていて外側からしか……」

「開きましたよ、リグイラさん！　幸い廊下には誰もいません」

外側からしか開かないはずの扉をあっさり開けたロイスリーネに、リグイラは思わず呆れたような目を向けた。

「そうだね。あんたはそういう子だった」

「何がです？」

奇跡を起こせる力を持ちながら無自覚で無頓着《むとんちゃく》なロイスリーネは、不思議そうに振《ふ》り返ったが、リグイラは肩をすくめて答えることはなかった。

「いや、何でもないさ。さぁ、行こう。あの偽聖女は他の聖女たちみたいにつつましく神殿の奥で生活するのは嫌だったらしく、一人だけ特別豪華な部屋に住んでいたようだ」

「いかにもあの人がやりそうなことですね」

廊下に出ると、遠くの喧騒《けんそう》がここまで響いていた。この付近はもともと人があまり近づく場所ではないようで、ひと気はまったくないが、神殿のあちこちで悲鳴や、兵の走り回る音が聞こえてくる。

「神殿内部を全部把握《はあく》しているわけじゃないが、イレーナの居場所はだいたい見当がつく。こっちだよ」

リグイラの案内でロイスリーネは廊下の内装がやたらと綺麗な区画に入っていった。扉と扉の間隔《かんかく》が広いので、一部屋一部屋もそれなりの大きさがあるのが見て取れる。

ここにはまだルベイラ軍の手が入っていないようで、遠くから喧騒は聞こえてくるものの、全体的にとても静かな区画だった。

「この辺りは上級神官たちの部屋がある場所だ。イレーナの部屋もこの辺にあるだろう」

結果から言えばリグイラの推測通りだった。一番奥にある部屋の扉に近づいたとたん、中から聞き覚えのある声が扉越《とびらご》しに聞こえてきたのだ。

『これと、これも包んでおいて。売ればかなりの額になるはずよ。この宝石もね』

ロイスリーネには声の主が誰かすぐに分かった。偽聖女イレーナだ。

『早く荷造りして！　騒ぎが起きている今がチャンスなんだから』

どうやらこの騒ぎを利用して、神殿から逃げ出そうとしているようだ。金目のものを持ち出して。どこまでもしぶとく、そして図々《ずうずう》しい。

――そんなことはさせないわ！

頭に血が上ったロイスリーネは、扉を叩きつけるような勢いで開けると言った。

「あら、どこへ行こうとなさっているの？　偽聖女様」

ぎょっとして振り返るイレーナ。部屋にはイレーナの他に三人の若い神官がいて、命じられるまま荷物を詰《つ》めている。どの神官も若く、そして見目麗《みめうるわ》しい若者だった。

まとめられた荷物はかなりの量で、女性一人が持てる量ではない。どうやらイレーナは彼らを荷物持ちとして連れていくつもりのようだ。

「なによ、あんた！　部屋には誰もこないでと言ったでしょう!?　とっとと出ていきなさいよ！」

イレーナは喚《わめ》いた。捕まる前に逃げ出さなければならないため、切羽詰まっているのだろう。

――私を見ても誰だか分からないようね。まぁ、この格好じゃね。

ロイスリーネはエプロンこそ身に着けていないが、シンプルなワンピースに眼鏡、そしておさげという給仕係《ウェイトレス》の格好だ。この姿を見て王妃だと気づけるはずもない。

「逃げ出そうとしても無駄《むだ》よ。この神殿はルベイラ軍に囲まれているんだから」

「ルベイラ軍？　私たちを捕まえに来た審問官ではないの？」

キョトンとしてイレーナは言った。どうやら彼女は、この喧騒は審問官がやってきたからだと思っていたようだ。

「どうしてルベイラ軍が……」

「ガイウス神殿長が聖女ミルファを誘拐《ゆうかい》する時に、近くにいた王妃も一緒に拉致したからよ」

ぎょっとして目を剝《む》いたイレーナは、すぐに怒《いか》り心頭になって叫《さけ》んだ。

「ミルファを拉致ですって⁉　やっぱりガイウスは私の後釜《あとがま》にあの娘を据《す》えるつもりなのね！　でも王妃も一緒ってどういうことよ？　王宮から攫ってきたとでもいうの？」

「いいえ、小さな食堂からよ。でもどこから攫おうが、この国の王妃を攫って危害を加えようとしたのは確か。神殿と王族は不干渉がルールだといっても、先に手を出してきたのは神殿長ですもの。王宮側に理があるわ。残念ながらこれであなた方はおしまいね」

「はん、ガイウスがどうなろうと関係ないわ。私はここから出てやり直すんだから」

ロイスリーネはおさげを解きながら明るい口調で告げた。

「あら、それは無理よ。だってガイウス神殿長とあなたは聖女ミルファと王妃の拉致の共犯者ですもの。無罪放免《ほうめん》というわけにはいかないわ」

「共犯者ですって⁉」

「そうよ。この件と無関係だなんて誰も思わないわ。だって王妃ロイスリーネはあなたの部屋にいるんですもの。……ここにね」

眼鏡を取ってロイスリーネはイレーナに微笑《ほほえ》んでみせる。そう、いつも浮かべている「王妃の微笑《びしょう》」を。

イレーナの目が驚愕に見開かれる。

「あ、あなたは……」

「ごきげんよう、聖女イレーナ。昨日の舞台《ぶたい》はとても見ものでしたわね」

「まさか、あれもあんたが……！」

大勢の前で恥《はじ》をかかされた大広間での『解呪』も、今のロイスリーネの言葉で仕組まれていたことだとイレーナは瞬間的に悟った。

「あんたが！　あんたが！」

正確に言えばロイスリーネだけではなく、ジークハルトをはじめルベイラ国の中枢《ちゅうすう》にいる者たちが画策したことなのだが、イレーナは知る由《よし》もなく、目の前の相手に憎《にく》しみの炎《ほのお》を燃やす。

「この女を捕まえるのよ！」

イレーナは神官たちに命じる。だが、神官たちが動く前に、突如《とつじょ》風のように現われたリグイラが、あっという間に三人を叩きのめしてしまった。

「なっ……」

灰色ずくめのリグイラを、イレーナは唖然《あぜん》として見つめる。

「一応王妃ですもの、丸腰《まるごし》のわけがないわ」

嫣然《えんぜん》と笑うとイレーナの顔は青ざめ、次に頭に血が上ったのかすぐに真っ赤に染まった。

神官たちを縄で拘束していたリグイラがロイスリーネに声をかける。

「リーネ。どうやらこの神官たちも魅了か洗脳されているようだ」

ロイスリーネは神官たちに近づくと、正気に戻れと念じながら神官たちの頭を順番にポンポンと叩いた。

するとどうだろう。ロイスリーネに頭を叩かれた神官たちは急に我に返ったように顔を上げ、不思議そうに周囲を見回した。

「どうして、どうして、どうしてよ⁉」

信じられないとばかりにイレーナが叫ぶ。イレーナは自分がかけた魔法がいとも簡単に消《き》え失《う》せてしまったのを感じて、激しい混乱に陥《おちい》っていた。

「私の魔法は私にしか解けないはずなのに！　なんで魔法使いでもないあんたが！　どうして？　どうしてよ！」

ありえないとその表情が告げていた。ロイスリーネは素の態度に戻ってそっけなく言う。

「公表されていることのすべてが本当だなんて思わないことね」

――私のことを魔法も使えないギフトも持たない、何の役にも立たない王妃だと思って見下していたのよね、あなたは。

そう。そのことにもロイスリーネは怒っているのだ。

たまたま偶然《ぐうぜん》持って生まれた能力とはいえ、その力で誰かを救うこともなく、自分の欲望のためだけに使っていたイレーナ。そんな彼女に見下される謂《いわ》れはない。

「うそよ、うそよ！　あんたが私の魔法を消し去ったなんて、そんなの聖女にしかありえないんだから！」

イレーナは言うなり、魔法を練り上げて、ロイスリーネに向かって投げつけた。

「これでも食らいなさい！」

手のひら大の火の玉がロイスリーネに迫《せま》る。魔法使いにとっては基本中の基本である火の玉を作り出す魔法なのだが、顔面に叩きつけられたら大けがは免《まぬが》れない。

――でも、たぶん大丈夫。

ロイスリーネには妙《みょう》な確信があった。叩き落とそうとでもいうのか、リグイラが動こうとしているのをロイスリーネは手で制すると、何の防御《ぼうぎょ》もしないまま火の玉を受ける。

……だが、火の玉はロイスリーネに当たる寸前で綺麗さっぱり消え失せた。

「なっ……！　この！　この！　当たりなさいよ！」

焦《あせ》ったイレーナは何度も何度もロイスリーネに向かって火の玉を投げつける。だがそれはロイスリーネに当たる前にことごとく霧散《むさん》してしまうのだった。

「……ど、どうして……」

肩で息をしながら、イレーナは愕然《がくぜん》としていた。ここに来てようやくイレーナはロイスリーネが普通《ふつう》ではないことに思い至る。

「一体、何なのよ、あんたは……魔法使いなの？」

「いいえ？　でも特殊能力持ちらしいわ。つまりは魔女《まじょ》ね」

魔女ということは祝福《ギフト》持ちだということだ。

魔法も持たない、ギフトも持たない小国の王女。役に立たないお飾《かざ》り王妃。それがロイスリーネだったはずだ。そのはずだったのに。

「……いいえ、いいえ、認めない！　あんたがギフト持ちだなんて認めない！」

イレーナはテーブルの上に飾ってあった花瓶《かびん》をロイスリーネに向けて投げつける。けれど花瓶はロイスリーネに当たる直前で急に形を失い、砂に変わって地面に落ちていった。

「なによ、あんた。何なのよぉぉ！」

イレーナは怒りと、そして半分は恐《おそ》ろしさから破れかぶれになり、荷物に詰め込もうとしていた装飾用のナイフを手に取ると、ロイスリーネに向かって飛び込んでいく。

「あんたなんて、あんたなんて！」

ロイスリーネはナイフを手に向かってくるイレーナを見てさすがに焦った。凶器《きょうき》はもしかしたら『還元《かんげん》』されて砂鉄になるかもしれないが、ナイフが消えてもこのままではイレーナとぶつかってもみ合いになるのは必至だ。

——これは少しまずいかも。

リグイラに助けを求めた方がと考えたその時、ロイスリーネの耳に廊下をものすごい勢いで駆けてくる足音が聞こえた。

「ロイスリーネ！」

聞き覚えのある声に、ナイフを持ったイレーナが迫っているにもかかわらず、ロイスリーネは反射的に振り返る。

血相を変えたカインが部屋に飛び込んでくるのと、イレーナがロイスリーネにナイフを突《つ》き出したのはほぼ同時だった。

そして次の瞬間に起こったことも、ほぼ同時に行われた。

カインが魔法を放つ。ロイスリーネの『還元』が発動し、イレーナが手にしていた宝石のついたナイフが瞬く間に砂に変わった。

「なっ……」

驚愕にイレーナの目が見開かれる。次の瞬間、イレーナの身体にカインが放った風の魔法が襲《おそ》いかかり、彼女の身体は数メートル先まで吹《ふ》き飛《と》ばされた。床に投げ出されたイレーナをリグイラがすかさず後ろ手に拘束する。

「ロイスリーネ！」

「カインさん！」

駆け寄ってくるカインに、ロイスリーネの顔に喜色が浮かぶ。ところが──。

「大人しくしている約束だっただろう！　なぜ部屋にいなかった⁉」

突然怒鳴《どな》られてロイスリーネはビクッとなった。

カインに……いや、ジークハルトに怒鳴られたのは初めてだった。イレーナをとっちめてやるんだと高揚《こうよう》していた気持ちがみるみるうちに萎《しぼ》んでいく。

「ごめん、なさい。ごめんなさい、カインさん」

──言い訳なんかできない。だって約束を破ったのは自分だから。

呆れられただろうか？　それとも嫌《きら》われただろうか？

目をぎゅっとつぶり、びくびくしながら次の言葉を待っていたロイスリーネは急に抱きしめられて、目を丸くした。

「カ、カインさん？」

「……よかった。間に合わなかったらどうしようかと……。ロイスリーネ、本当に無事でよかった……」

上から弱々しい声が降ってくる。声が震《ふる》えているように聞こえるのは気のせいだろうか。

――ううん、気のせいじゃない……。それだけ心配をかけてしまったんだわ。

密着している耳元に、激しく鳴るカインの心臓の鼓動《こどう》が響いてくる。全力で駆け回って捜していたのだろう。

「ごめんなさい。勝手な行動をして……ごめんなさい」

答える自分の声も震えているようにロイスリーネには聞こえた。実際震えているのだろう。イレーナにナイフで刺《さ》されそうになった恐怖《きょうふ》ではなく、あふれ出そうになる想いで。

――もう自分をごまかすのはやめよう。私は陛下が……好きなんだわ。だって、心配してくれることがこんなに嬉しい。申し訳ないと思うのに、心が震えて仕方がない。

「ごめんなさい、カインさん。ごめんなさい……」

「いいんだ。君が無事だったのだから、それで」

「カインさん……」

ふと顔を上げて見上げると、カインもじっとロイスリーネを見下ろしていた。視線が絡《から》み合《あ》い、周囲の景色も音も消える。

「ロイスリーネ……」

「カイン、さん……」

互いに魅入《みい》られたように見つめ合う。顔が徐々《じょじょ》に近づき、吐息《といき》が触《ふ》れあった。

カインのきゅっと引き結ばれた薄《うす》い唇と、ロイスリーネの少しだけわななく唇が磁石の

ように近づき——触れそうになった次の瞬間、「ゴホン」という小さな咳《せき》ばらいが二人を我に返らせる。

「盛り上がっているところ悪いけど、時と場所を考えてもらえないかね」

リグイラの呆れたような声だった。ロイスリーネとカインはパッと互いから手を離し、後ろに下がる。

——はわわわ！　私ったらこんなところで⁉

正気に戻っているものの縛《しば》られたままの神官三人と、リグイラに今絶賛拘束され中のイレーナの前で自分は一体何をやっているのか。

恥《は》ずかしさにロイスリーネは顔を真っ赤に染めた。熱を持った頬《ほお》を両手で押さえながらちらりと窺うと、カインは懸命《けんめい》に平静を保とうとしているものの、その耳はロイスリーネ同様、真っ赤に染まっていた。

「あら、王妃様、こんな白昼堂々と浮気《うわき》なんていい度胸じゃないの」

後ろ手でリグイラに押さえ込まれたイレーナが、嫌味《いやみ》ったらしく言う。どうやら一部始終しっかり見ていたらしい。

「このことを陛下が知ったらどうなることかしら？」

イレーナの顔にいやらしい笑みが浮かぶ。どうやらロイスリーネの弱みを握ってやったと考えているようだ。

往生際《おうじょうぎわ》の悪さに呆れながら、ロイスリーネはカインに尋ねる。

「カインさん。私が浮気しているそうですよ」

「……まったく、魔力も偽装《ぎそう》していなくてそのままなのに、どこまでも愚《おろ》かな女だな」

やれやれとため息をつくとカインは腕《うで》を上げて左耳のピアスに触れた。

するとたちまちその姿が変化していく。

艶《つや》やかな黒髪《くろかみ》は、キラキラと輝《かがや》く銀色へ。

空色の目は、青と灰色が混じった不思議な色合いの瞳《ひとみ》へと。

表情豊かで親しみやすかったはずの端正《たんせい》な顔だちは、まるで生身から彫像《ちょうぞう》に切《き》り替《か》わったかのように無機質な表情へと変わる。

イレーナはあんぐりと口を開けた。彼女はその人物を知っていた。恋心と打算により、絶対落とそうと決心してその姿を幾度《いくど》となく追った人物。

「へ……陛下……？　ジークハルト陛下？」

信じられないと言わんばかりにイレーナがジークハルトを凝視《ぎょうし》する。

そんな彼女を、軍服姿のジークハルトは冷たく見下ろした。

「浮気じゃないことは理解したか、聖女イレーナ？　いや、聖女を騙った魔法使い。お前が王妃を傷つけようとしたことはこの目で見ている。言い逃れができると思うな」

「あ……あ……」

もうどうにもできないと悟ったのだろう。真っ青になったイレーナは、がっくりと肩を落として俯《うつむ》くのだった。

「陛下！　王妃陛下！」

そこへ部下を連れた将軍がやってくる。

「おお、王妃陛下。ご無事で何よりです。陛下、ご命令により捕縛したガイウス神殿長と神殿の主だった者たちは聖堂に集めております」

「ありがとう、将軍。ここにいる偽聖女と三人の神官たちも聖堂に連れていってくれ」

「承知いたしました」

イレーナと三人の神官たちが連行されるのを見送って、ジークハルトはロイスリーネを振り返った。

「それでは最後の仕事だ。ロイスリーネ、行こう」

「はい」

ロイスリーネは差し出された手のひらに、自分の手を重ねた。

同じ頃、ミルファは神殿奥の聖女たちの住む区域に足を踏み入れていた。ここにはまだルベイラ軍は来ていないらしく、兵士の姿はない。けれど聖女たちが集会所代わりにしているダイニングルームでは、奇妙な光景が広がっていた。

互いに身を寄せ合う聖女たちの横で、監視役だった神殿騎士《きし》たちを二人の女性がぐるぐる巻きにしている。

いや、正確に言えば彼女たちはまったく手を動かしていないのだが、ひとりでに縄がぐるぐると騎士の身体に巻きついていっていることから、女性たちが魔法を使っているのは明らかだった。

「まったく、聖女を乱暴に扱うなんて、いつから神殿騎士はこれほど無礼になったのかしら？」

二人の女性のうち一人が腰に手を当てて腹立たしそうに言う。その女性にミルファは見覚えがあった。

「ロレイン様⁉」

それはミルファをあの村から救い上げた『鑑定《かんてい》の聖女』ロレインだった。もう一人の女性は黒髪といい緑色の目といい、顔だちもロレインによく似ているが親類だろうか？

「あら、ミルファ、久しぶりね」

ロレインはミルファの姿に気づいてにっこり笑う。それから隣《となり》にいる女性に言った。

「ほら、この子が昔あなたに教えた『解呪』のギフトを持つ聖女よ」

「まぁ、この子が。娘と同じくらいか、少し年下かしらね」

「ええ、そうだと思うわ。ミルファ、こちらは私の従妹《いとこ》で――」

けれどミルファはロレインの紹介《しょうかい》を聞く余裕はなかった。ミルファに気づいた聖女たちが一斉《いっせい》に彼女に声をかけたり、抱きついたりしてきたからだ。

「ミルファ、無事でよかったわ！」

「ミルファ、あなた、ひと月近くもどうしていたの？」

「ガイウス神殿長に聞いても何も教えてくれなくて……すごく心配したんだから」

「ごめんなさい、みんな。心配かけて。あのね、私、ガイウス神殿長とイレーナに偽聖女だと言われて追い出されたの。でもとても親切な方と出会えて、街の食堂にお世話になっていたのよ」

家族同様に過ごしてきた聖女たちに嘘《うそ》は言えない。ガイウス神殿長やイレーナの犯《おか》した罪や魅了と洗脳のこともミルファは包み隠さず聖女たちに説明した。

聖女たちは神殿の奥にいて、起こったことをすべて把握しているわけではなかったが、ガイウス神殿長たちが赴任《ふにん》してきて、この二ヶ月の間に神殿内がどんどんおかしなことになっていったことを肌《はだ》で感じていたらしく、ミルファの説明に一様に納得《なっとく》した。

「やはりあの二人のせいだったのね」

「この人たちもきっと魅了されて操《あやつ》られているのでしょう」

「どうにかして戻せないのかしら？　治療師《ちりょうし》たちにお願いしてみる？」

治療師というのは回復魔法に特化した神殿所属の魔法使いたちのことだ。彼らには当然魔力があるので、洗脳は難しいと判断したイレーナは遠ざけて冷遇《れいぐう》していた。

聖女たちは彼らと奉仕《ほうし》活動を共にすることも多く、仲良くしているので、この二ヶ月もの間彼らが置かれていた境遇《きょうぐう》にも胸を痛めていた。

「あのね、王宮魔法使いの人たちが神殿に来てくれているの。今、その人たちが洗脳を解いていっているから、頼んでこの人たちも治してもらうわ」

「あら、王宮魔法使いたちの手を借りるまでもないわよ」

ロレインの従妹だという女性が口を挟《はさ》んだ。

「あなたは『解呪』のギフト持ちでしょう？　ならば、あなたにもできるはずよ。彼らの身体に巻きついた魔法の痕跡を見てごらんなさい。呪いとはまた違う別のものに見えると思うのだけれど、違うかしら？」

ミルファはハッとなって女性を見つめる。

「どうしてそれを……？　あ、あの、赤い糸が巻きついているように見えます」

「糸。なるほど……あなたと私が見ているものにそれほど違いはなさそうね」

女性はポツリと呟く。後半は小さすぎてミルファには聞き取ることができなかった。

「あの……？」

「いえ、糸が見えるのね？　ならばそれを呪いと思って解きなさい。実際に呪いと魔法はそう違いがあるものではないの。どれほど優《すぐ》れた魔法も、かけた側に害意や悪意があればそれは呪いと同じものになる。彼らは自分の意思ではないのに、他者に自由に感情を操作されている。それは本人にとっては呪いも同じこと。そうじゃない？」

「害意と悪意が、あれば……」

うさぎにかけたライナスの呪いのことをミルファは思い出す。

限りなく白い呪い。あれは確かに「呪い」ではあったけれど、悪意はまったく感じられなかった。呪いだけど呪いとはいえないもの。それを『解呪』できたのだから、魔法だけど「呪い」に近いものであれば『解呪』が可能なのかもしれない。

「わ、私、やってみます！」

ミルファは一人の騎士に近づいた。彼の首には赤くて細い糸が巻きついている。

――これは「呪い」。彼の意思を奪い、彼の意思に反することをさせてしまう「呪い」なのだわ。

自分に言い聞かせながらそっと糸に手を伸ばす。すると悪意にも似たどろどろとした感情がその糸から伝わってきた。おそらくこれがイレーナの魔法に込められた感情なのだろう。

絡みつくような、鬱屈《うっくつ》した感情。こんなものに巻きつかれたら、おかしくなるのも道理だ。

——呪いよ、消えてなくなれ！　持ち主の元へ還《かえ》れ！

心で願いながら触れた瞬間、赤く淀んだその糸は、瞬く間に消えてなくなった。

そのとたん、縄から逃れようともがいていた騎士の動きが止まり、彼は不思議そうに周囲を見回す。

「俺は一体何をやっていたんだ？　聖女様を監視だなんて。俺の役目は聖女様を守ることだったのに？」

成功だ。騎士をイレーナの呪いから『解呪』できたんだ。

女性がにっこりと笑う。

「おめでとう。さぁ、残りの人たちも『解呪』してしまいましょう」

それから騎士たちの糸をどんどん引きちぎり、正気に戻していく。正気になった人はロレインに頼んで縄を外してもらった。

全員の『解呪』が終わると、今まで邪魔《じゃま》するまいとミルファのやることを見守っていた聖女たちがわっと歓声《かんせい》を上げた。

「すごいわ、ミルファ！」

「呪いだけじゃなくて、魔法を解呪できるなんて」

みんなに褒《ほ》められ、抱きしめられ、もみくちゃにされているところに、神官長や主だった者たちの魅了と洗脳を解いたライナスがやってきた。

「ミルファ嬢。遅くなってすまない」

「ライナスさん！　私、イレーナの洗脳を解くことができました！　魅了魔法の痕跡を呪いだと見立てたら『解呪』することができたんです！」

子どものように手柄《てがら》を自慢《じまん》するミルファに、ライナスは微笑んだ。

「それはよかったですね、ミルファ嬢。魔法を呪いと見立てる発想がすばらしい」

「あの方に教えてもらったんです！」

「あの方？」

ミルファの指さす方に視線を向けたライナスは息を呑《の》んだ。その女性を、ライナスはよく知っていたからだ。

ライナスと視線が合うと、女性は懐《なつ》かしそうに目を細めた。

「お久しぶりね、ライナス。もう十年くらい経《た》つのかしら。あなたと最後に会ってから」

ライナスは唖然としたものの、すぐ我に返ると微笑み返した。

「詳《くわ》しい者をよこすとはお聞きしておりましたが、まさか貴女様《あなたさま》が直接いらっしゃるとは予想もしていませんでした」

「大事なことですもの。他の者にはまかせられないわ。でも私の身分では気軽に出国できないでしょう？　だから、ちょっとお忍びという形で来たの。従姉の『鑑定の聖女』ロレインと一緒にね」

「そうでしたか」

微笑みを浮かべながら、ライナスはその女性の元へ行くと片膝をついた。

「改めまして、お久しぶりでございます。ロウワン王妃ローゼリア様。いえ――王妃としてではなくルベイラにいらしているのだから、こうお呼びした方がいいかもしれませんね。『解呪の魔女』ローゼリア様と」

その言葉にミルファはギョッとして女性を見つめる。

「『解呪の魔女』様？　リーネさん……王妃様のお母さん⁉」

言われてみれば黒髪といい緑色の目といい、あの微笑みといい、女性はロイスリーネとよく似ている。

『解呪の魔女』にしてロウワン王妃ローゼリアは、ミルファに向かっていたずらっぽく笑った。

「ええ。ギフト的に私はあなたの先輩《せんぱい》というわけね。同じモノが見える子が他にいると知って嬉しいわ」

「そ、そんな、私なんてまだまだです」

『解呪の魔女』はとても高名な魔女だ。再三にわたる神殿の勧誘《かんゆう》を拒《こば》み、市井《しせい》に交じって働いて自力で生活しながら、そのギフトで多くの人に手を差し伸べてきた。

彼女に救われた人間は庶民《しょみん》から貴族、はたまた王族と、とにかく幅広《はばひろ》い。それは王侯《おうこう》貴族からも助力を求められるだけの実力と実績を兼《か》ね備《そな》えている証拠でもあった。

イレーナは聖女なら王族に嫁《とつ》げると思い込んでいたようだが、ローゼリアがロウワン王家に嫁いでも反感を買わなかったのは、彼女だったから。『解呪の魔女』だったからだ。

聖女や魔女なら誰でもいいわけではない。

――この方が『解呪の魔女』様。

同じギフトを持っているからだろうか。他の聖女にこんな感覚を抱くことはないが、ミルファはローゼリアを見ていると強く感じるのだ。「私なんてこの方には遠く及ばない」と。

「さて、解呪も済んだことだし、娘と娘婿《むすめむこ》に会いに行きましょうか。あの子たちは……うーんと、大聖堂の方ね」

なぜか断言すると、ローゼリアはスタスタと歩き始める。ライナスがそれに続き、ロレインも続いた。

「私も久しぶりに会いたいわね。あの子のギフトは今どうなっているのかしら。とても興味があるわ」

「あ、私も行きます！」

ミルファも慌ててローゼリアたちについていく。すると聖女たちもその後に続き、大勢でぞろぞろ移動することになったのだった。


大広間にはルベイラ軍の兵士たちと、神殿の上層部、そして猿《さる》ぐつわを噛まされ縄で拘束されたガイウスとイレーナがいた。

主要な人物の洗脳はすでにライナスたち王宮魔法使いたちが解いているので、縄にはついていない。彼らは一様にガイウス神殿長とイレーナを睨みつけている。

――当然よね。自分たちの意思に反して魔法で操られていたのだもの。

ジークハルトとロイスリーネが近づくと、神官長が前に進み出て代表して頭を下げた。

「国王陛下、王妃陛下。このたびは大変申し訳ありませんでした。ジョセフ神殿長が留守の間、神殿を任されていたというのにこのようなことに……私の不徳の致《いた》すところです」

ジークハルトは聖堂に集まっている者たち全員に聞こえるように声を張り上げた。

「私は今回のことでルベイラ王家として神殿に責任を問うつもりはない。王妃がこうして無事だったこと、それと軍を投入して神殿を混乱させたことで差引ゼロだと考えている。だから貴殿《きでん》たちは王家に借りを作ったとは思わなくていいし、責任を感じる必要もない。

以上だ」

要約すれば、お互いなかったことにしようというのである。王族を拉致して監禁したことを問うならば、こちらも軍を動かして神殿を占拠《せんきょ》したことの是非を問われることになる。正直、神殿と事を構えるのは面倒《めんどう》なのだ。

「ただし、このたびの騒動の責任はガイウス神殿長とイレーナにあると思っている。同じことを繰り返さないために二人をここには置いておかない方がいいと思うが、神官長はどうだろう」

神官長はしばらく考えたのち、ジークハルトの言葉に頷いた。

「そうですね、私もそう思います。偽物だと確定しているイレーナはともかく、ガイウス神殿長は大神殿から任命された正式な神殿長です。しかも大神官という位もお持ちだ」

「ぅむ～。んん、んんっ」

ガイウスが唸《うな》りのような声を上げる。神官長とジークハルトに何か言いたいのだろうが、猿ぐつわのせいで明瞭《めいりょう》な言葉を発することができない。

それを無視してジークハルトは会話を続ける。

「神殿長の地位を剝奪できる者がいないということか。ならばやはり王宮で預かろう。イレーナには魔法封じの首輪をつければ問題ないだろう」

「ん～っ、ん～っ」

今度はイレーナが何事か呻《うめ》く。きっと首輪という言葉に反応したのだろう。

——首輪なんてひどいとでも言いたいのかしら。でも野放しにしたら必ず牢番《ろうばん》を魅了して逃げようとするでしょうから、仕方ないいんじゃないかしら。

ちなみに魔法封じの首輪は魔力を封じ込めるものなので、聖女や魔女の使うギフトには効きめがない。魔法封じの施された反省室で、ロイスリーネが『還元』を使って扉を開けることができたのもそれが理由だ。

ギフトを封じる方法は今の時点では見つかっていないのだ。

「ロイスリーネを攫ったガイウス神殿長の子飼いの連中は神殿に所属しているわけじゃないから、こちらで裁けるな。二人とそいつらを引き取って連れていこう」

ジークハルトの命令にベルハイン将軍が頷いて部下に命じる。

「神殿長たちと四人を連れていけ」

将軍の部下が命令を遂行《すいこう》しようとしたその時だった。聖堂内に朗々とした声が響き渡る。

「しばし待たれよ。神殿長と偽聖女の身柄《みがら》は我らが引き受ける」

声のした方をハッと振り返ると、正面の入り口から黒い神官服を着た一団が入ってきた。

神官長が息を呑む。

「その制服は……もしや特別監査室の……」

「もしかして、審問官？」

ロイスリーネとジークハルトは顔を見合わせる。ガイウスとイレーナが猿ぐつわの下で声にならない悲鳴を上げた。

黒い神官服を着た一団の先頭に立っているのは、青みがかった黒髪を無造作に後ろに束ねた若い男性だった。先ほどの声の主も彼らしい。

青年はジークハルトたちの傍まで来ると、優雅《ゆうが》に一礼する。

「ジークハルト王とロイスリーネ王妃ですね。私は特別監査室に所属する審問官ディーザと申します。ジョセフ枢機卿の要請《ようせい》により、ルベイラに参りました。調べることがあったので、到着が遅《おく》れて申し訳ありません」

審問官ディーザは淡々《たんたん》と言った後、ガイウスとイレーナに視線を受ける。

「こちらが依頼《いらい》のあった、ガイウス神殿長と聖女イレーナですね」

「ああ、彼らは」

「いえ、説明は不要です。すでに昨夜から今朝の軍の動きについては把握しております」

説明を始めようとしたジークハルトの言葉を遮《さえぎ》り、審問官ディーザは言った。

「彼らがルベイラ王都の神殿でしでかしたことも、過去に犯した罪も調べはついております。心配ご無用。彼らがここに戻ってくることは二度とありません」

ディーザは懐《ふところ》から丸めた羊皮紙を取り出す。そしてそれを、ガイウスとイレーナの目の前で広げた。

「審問官の権限によりこの場で審判《しんぱん》を言い渡す。ガイウス・エステラーダ大神官、貴様は聖女イレーナについて神殿に虚偽《きょぎ》を報告した上、その地位を乱用してイレーナと共謀《きょうぼう》し、幾多《いくた》の神殿に混乱をもたらした。その罪、決して軽くはない。よって貴様から神殿長の職務と大神官の地位を剝奪し、その身柄を神聖メイナース王国大神殿にて収めることとする」

「んんっ、んん、んんっ」

ガイウスはしきりに何かを喚いているが、ディーザはそれを無視し、青ざめ震えているイレーナに向き直る。

「聖女イレーナ。貴様は聖女を騙り、神殿の信用を著《いちじる》しく損《そこ》ねた。その上、ガイウスと共謀し、神官たちを操って欲望のほしいままにした。よって貴様の聖女としての地位を剝奪し、こちらもまたその身柄を神聖メイナース王国大神殿に収めることとする。なお両名とも刑罰《けいばつ》については大神殿に到着してから申し渡す。以上だ」

言い終えるなり、ディーザは羊皮紙を丸めて再び懐のポケットに戻すと、おそらく部下だろう黒い神官服の者たちに命じる。

「大神殿に護送する。そいつらを引っ立てろ」

それから改めてディーザはジークハルトとロイスリーネの方を向いた。

「これで収めていただけますか」

「……神殿が決めたことだ。我々が文句をつける筋合いはないだろう」

「ご理解いただき、ありがとうございます陛下。それでは罪人を大神殿に護送しますので、これにて失礼いたします」

ディーザは再び優雅な礼を取ると、ガイウスとイレーナを引き立てて部下たちと共に聖堂から悠然《ゆうぜん》とした態度で出ていったのだった。

後に残されたロイスリーネたちは微妙《びみょう》な空気の中、なんとも言えない表情になる。神官長たちもだ。

「なんだか……横から突然現われた波にすべてかっさらわれた気分だな」

ジークハルトの呟いた言葉が、全員の気持ちを代弁していた。

神官長が頷く。

「私どもも審問官の裁きを見たのは初めてですが、なんというか……これでいいのかという気分にさせられますね」

苦労してガイウスたちの罪を暴き、ようやく捕縛したのに、後から出てきた審問官に全部掬《すく》われて持っていかれてしまったのだ。全員腑《ふ》に落ちない気持ちでいっぱいだった。

――なんだか、すごく感じ悪いわよね……。

そう思っていると、重苦しい空気とは相反した明るい声が響き渡る。

「あらあら。なんとも淀んだ空気ね。何かあったのかしら？」

聞き覚えのある声にハッと振り向けば、祭壇横の扉からミルファやライナス、それに聖女の服を着た女性たちがわらわらと現れた。

けれどロイスリーネの目は二人の女性に釘付《くぎづ》けになる。どうして今ここにこの二人がいるのか理解できなかった。

「……お母様？　それにロレインおば様？」

同じく気づいたジークハルトが息を呑む。

ロウワン王妃ローゼリア、それに『鑑定の聖女』ロレイン。共にロウワンにいるべき二人がどうしてルベイラの神殿にいてにこにこと自分たちに笑いかけているのだろうか。

「ローゼリア王妃？　なぜここに……？」

ローゼリアは、娘と娘婿の前に来るとにっこりと笑った。

「話を聞きたいと言ったのはあなたではありませんか、ロイスリーネ。だから詳しく知っている人間が伝えに来たのですよ。ねぇ、ロレイン？」

「ええ、ローゼリア。ロイスリーネ、久しぶりね。すっかり大人の女性っぽくなって。おばさん嬉しいわ」

――……驚《おどろ》きすぎると言葉も出ないって本当なのね。

あんぐりと口を開けながら、ロイスリーネは頭の片隅《かたすみ》でそんなことを考えるのだった。

物陰《ものかげ》からそんな彼らを遠目で見つめながら、リグイラは胸騒ぎを覚える。

「奇跡の血を持つ聖女たちの訪《おとず》れに、いささか怪《あや》しい審問官たち、か。やれやれ。波乱の始まりじゃないといいけどねぇ」

リグイラの小さな呟きは誰の耳にも入らずに消えていった。

エピローグ　お飾り王妃の告白と、動き始める影たち

「お母様が来るなんて、本当にびっくりだわ」

寝《ね》る支度《したく》をしてうさぎがやってくるのを待ちながら、ロイスリーネは今日何度目かの台詞《せりふ》を口にした。

「そうですね、私も驚《おどろ》きました」

エマがロイスリーネの肩《かた》にショールをかけながら頷《うなず》く。

「まさかお忍《しの》びでいらっしゃるなんて、さすが王妃《おうひ》様。リーネ様と母娘《おやこ》なんだとつくづく思いました」

「それは一体どういう意味かしら、エマ？」

「言葉の通りです、リーネ様。それより私は、今頃《いまごろ》ロウワンの城がどうなっているのか、想像するだけで胃が痛くなります」

深いため息をつくエマをしばし睨《にら》みつけていたロイスリーネだが、ややあって彼女の言葉に同意した。

「そうね。お母様のことだから抜《ぬ》かりなく代役を立てているだろうし、お父様やお姉様たちもフォローするでしょうけど、女官長や侍従長《じじゅうちょう》たちは大変でしょうね」

ロウワンの王妃は『解呪《かいじゅ》の魔女《まじょ》』として有名なので、国を訪《おとず》れた賓客《ひんかく》はとにもかくにもローゼリアと会いたがるのだ。それをどうにかかわしながら不在を隠《かく》すのだろうか。娘として申し訳ない気持ちだ。

エマは遠い目をする。ロウワンで世話になった侍女長《じじょちょう》を思い出しているのだろう。

「侍女長様は胃薬が手放せないでしょうね。お気の毒に。リーネ様、王妃様はどれくらい滞在《たいざい》されるご予定なのでしょうか？」

「分からないわ。しばらくの間はファミリア神殿《しんでん》にロレインおば様とお世話になるみたい。今あそこは混乱しているから、おば様と一緒《いっしょ》に事後処理を手伝うつもりですって」

もちろんジークハルトもロイスリーネも王宮に滞在するように言ったのだが、ローゼリアは「お忍びで来ているから」と言ってそれを断った。王宮に滞在すれば、どこからかロウワン王妃が来ていることが外に漏《も》れる可能性があるからだ。

「私のギフトの話は神殿が落ち着いてから改めてってことになったわ。まぁ、ここまで来て焦《あせ》っても仕方ないものね」

イレーナがいなくなったとはいえ、しばらくはロイスリーネの身辺も落ち着かないだろうから、それでよかったのかもしれないと今では思う。

「リーネ様、明日は聖女ミルファの最後の出勤日でしたっけ。リーネ様も『緑葉亭《りょくようてい》』に行かれるのですか？」

追放を言《い》い渡《わた》したガイウス神殿長がいなくなったのでミルファは神殿に戻《もど》ることになったが、律儀《りちぎ》なミルファは一度『緑葉亭』に帰った。きちんと最後に出勤して店の常連客にも挨拶《あいさつ》をしてから神殿に戻りたいと願ったのだ。

明日はミルファと一緒に働く最後の機会になる。

「ええ、行くつもり――」

答えたその時だった。隣《となり》の居間からノックの音が聞こえてくる。ロイスリーネとエマは顔を見合わせた。

「見てまいりますね」

ランプを片手にエマが寝室《しんしつ》を出ていく。

――一体、こんな時間に誰《だれ》かしら？

首を傾《かし》げていると、困惑顔《こんわくがお》になったエマが寝室に戻ってきた。

「あの、リーネ様。陛下《へいか》がいらしているのですが……」

「え？　陛下が？　夜なのに？」

普通《ふつう》の夫婦《ふうふ》であれば夜に夫が妻の部屋を訪れることは何もおかしくない。けれどジークハルトは今まで一度もなかったのだ。

──だって夜は呪《のろ》いのせいで動けないって……。

そのせいで未《いま》だにお飾《かざ》り王妃のままなのに。一体どうなっているのだろうか。

「と、とにかく今行くわ」

ロイスリーネはショールの合わせをキュッと握《にぎ》りしめながら、隣の居間に向かった。

「ロイスリーネ。突然《とつぜん》すまない」

それは確かにジークハルトだった。まだきちんと礼服を着込んでいるところを見ると、仕事をしていたのかもしれない。

「いえ、一体どうしたのですか、陛下？　夜は呪いで動けないのではなかったですか」

「君のおかげで呪いもだいぶ軽減して、このくらいの時間までなら動けるようになったんだ。もっともそろそろ危なそうだから、離宮《りきゅう》に向かう途中《とちゅう》だったんだが……」

「そうなんですか。何か急なことでも？」

ロイスリーネは身を引《ひ》き締《し》めたが、ジークハルトの答えは予想に反していた。

「いや、たいした用事じゃないんだ。どうも今朝のことが尾《お》を引いていて、君の無事を確かめずにいられなくなった。こうして君の顔が見られたら、それで満足だ」

そう言いながらジークハルトはロイスリーネの片手を取る。

「……ロイスリーネ。一つ約束してくれ」

真剣《しんけん》な眼差《まなざ》しでジークハルトはロイスリーネを見下ろす。

「何をですか？」

「クロイツ派のこともある。もう二度と今日のように無謀《むぼう》なことはしないでくれ。俺の心臓がいくつあっても足りなくなる」

ロイスリーネは息を呑《の》む。どうやらロイスリーネが勝手な行動をした挙句、イレーナに襲《おそ》われそうになったことがジークハルトには堪《こた》えたらしい。

――……ああ、私はなんて不謹慎《ふきんしん》なのかしら。申し訳ないと思っているのに、同時に陛下にこんなに心配してもらえることが嬉《うれ》しいなんて。

「……ごめんさい、陛下。もう勝手なことはしません、絶対に」

神妙《しんみょう》な表情で答えると、ジークハルトは手を伸《の》ばしてロイスリーネの頭に触《ふ》れた。

「俺も怒鳴《どな》って悪かった。君が突進してくれたおかげでイレーナの逃亡を阻止《そし》できたのに、あの時はそこまで気が回らなかった」

「そんな。陛下は心配してくださっただけ。私が悪かったんです」

「いや、俺が……ってこれじゃ、いつまでも堂々巡《どうどうめぐ》りだな。とにかく、君が無事でよかったよ。話はそれだけだ。じゃあ、戻るよ」

「あっ、待ってください！」

頭から手が離《はな》れていく。踵《きびす》を返《かえ》して歩きだしたジークハルトの袖《そで》を、ロイスリーネはとっさに摑《つか》んで引き止めた。

……いつの間にかすぐ傍《そば》にいたはずのエマの姿はなかった。部屋にいるのは二人だけだ。

「あの、その……」

「どうした、ロイスリーネ？」

怪訝《けげん》そうに、でも優《やさ》しい口調でジークハルトは問いかけてくる。

どうして引き止めてしまったのか、自分でもよく分からない。でもとっさに手が出てしまったのだ。

「その、ですね……」

しどろもどろになりながらも、ロイスリーネは今さらながらジークハルトに言わなければならないことがあったのを思い出す。

――そうだわ。神聖メイナース王国の王太子《おうたいし》暗殺未遂《みすい》事件のせいで、言う機会を失ったままだった。今ここで言わなくちゃ、いつ言うというの？

「そのっ、以前に仰《おっしゃ》っていたじゃないですか。『俺と一緒にこの先の人生を歩んでほしい』って。あの、その……わ、私も同じです。私も陛下とこの先もずっと一緒にいたいと思っているんです」

言いながらどんどん頬《ほお》が熱くなってくる。鏡がないから確かめられないが、おそらく今のロイスリーネの顔は熟した果実のように真っ赤に染まっているだろう。

驚いたのか、ジークハルトの目が大きく見開かれる。その目を見ながらロイスリーネは勇気があるうちにとばかり、残りの言葉を一気に吐《は》き出《だ》した。

「私、カインとリーネとしてだけじゃなく、ジークハルトとロイスリーネとして、そしてこの国の王と王妃として、この先もずっとずっと共に手を取り合って、笑い合っていきたいんです！　……だ、だめ、ですか？」

最後に問いかけるようになってしまったのは、ジークハルトの反応がないからだ。彼はずっと目を見開いたまま固まっている。是《ぜ》なのか非《ひ》なのか、嬉しいと思っているのか嫌《いや》だと感じたのか、その表情からはうかがい知ることができない。

「……だ、だめじゃない！」

ややあって、我に返ったようにジークハルトは言った。

「それこそ、俺が望んでいることなんだから。その、ありがとう、ロイスリーネ」

表情は変わらないものの、ジークハルトの耳は真っ赤だし、心なしか頬もいつもより血色がいい。何より青灰色の瞳《ひとみ》が感情を映してキラキラと輝《かがや》いていた。

「ロイスリーネ……」

「陛下……」

自然と二人の距離《きょり》が縮まっていく。

「陛下ではなく、ジーク、と」

ジークハルトの手が背中に回される。ロイスリーネはジークハルトを見上げて囁《ささや》いた。

「……ジーク」

「ロイスリーネ、好きだよ。……必ず君を守る」

「ジーク……私も……」

好き、と声に出せたのか、ロイスリーネは覚えていない。ただただジークハルトの顔が下りてくるのを見つめていた。

近づいてくる青灰色の瞳に宿った光がランプの炎《ほのお》を反射してゆらゆらと揺《ゆ》れている。魅《み》入《い》られたようにその光を見つめていたロイスリーネは、吐息《といき》を唇《くちびる》に感じてそっと目を閉じた。


ゴロゴロゴロゴロ。

いつもの通路を通ってうさぎが寝室にやってきた時、ロイスリーネはベッドの上を恥《は》ずかしさのあまりゴロゴロと転がっていた。

傍に控《ひか》えていたエマが呆《あき》れたようにうさぎに言う。

「こんばんは、うさぎさん。気にしないでいいですよ。さっきからずっとコレです。だいたい何があったのか察しておりますが……あえて口にするのは野暮《やぼ》というものでしょう。私はそろそろ戻りますね、リーネ様。ミルファ様の最後の出勤に間に合いたいのであれば、

興奮を鎮《しず》めてそろそろおやすみくださいませ。それでは」

エマはロイスリーネの返事も聞かず、ランプを片手にさっさと寝室を出ていった。

ゴロゴロゴロゴロ。

ロイスリーネは真っ赤な顔でベッドの上を転がる。

——恥ずかしい、恥ずかしい！　明日陛下とどんな顔で会えばいいの？

その後もロイスリーネはしばらくの間ゴロゴロとベッドの上を転がっていたために、放置されたうさぎが拗《す》ねるどころか彼女と同じように恥ずかしがってごまかすように顔を洗う仕草を何度も繰《く》り返していたことを知らなかった。

ようやくロイスリーネはうさぎのことを思い出し、ベッドから慌《あわ》てて下りて抱《だ》き上《あ》げる。

「ごめんね、うーちゃん！　せっかく来てくれたのに放置しちゃって」

すりすりと頬をうさぎに擦《なす》りつけると、うさぎもお返しとばかりに顔を押しつけてくる。

——ああ、可愛《かわい》い、モフモフ。モフモフ。

存分にうさぎをもふって愛《め》でているうちに、ようやく落ち着いてきた。けれどまだ顔は赤く、ほんのりと熱を帯びている。片手でうさぎを撫《な》でながら、ロイスリーネは己《おのれ》に言い聞かせた。

「ふ、夫婦だもの、別に恥ずかしいことじゃないものね？　そうよ、普通よ、普通。さて、そろそろ寝ましょうか、うーちゃん」

ロイスリーネがベッドに横になると、うさぎも定位置である枕元《まくらもと》で丸くなる。

「おやすみなさい、うーちゃん」

呟《つぶや》いて目を閉じる。興奮してすぐには眠《ねむ》れないだろうと思っていたのに、寝つきのいいロイスリーネはあっという間に睡魔《すいま》に襲われ、夢の世界へと旅立っていった。

しばらくしてうさぎがひょこっと顔を上げた。ロイスリーネの規則正しい寝息を確かめて、すっかり寝入っていることを知ると、むぅと唇を引き結ぶ。

（こっちはまだ興奮して眠れないというのに）

寝顔を見ているうちに柔《やわ》らかなロイスリーネの唇の感触《かんしょく》を思い出してしまい、うさぎのジークハルトは身悶《みもだ》えた。とは言うものの、うさぎ的には顔を洗っているだけだったが。

（くそっ、全然眠くならない）

しばらくもんもんとした状態で恨《うら》めしそうにロイスリーネの寝顔を眺《なが》めていたが、やがてジークハルトは諦めて彼女の顔の横で丸くなった。

だがもちろん眠れない。うさぎの眠れない夜はまだ続くのである。

同じ頃、ルベイラから遠く離れた神聖メイナース王国の王宮の一室で、窓の外を眺めている夜着姿の男がいた。

金色の髪《かみ》に青い目をした美丈夫《びじょうふ》で、その端正《たんせい》な顔だちと気品のある佇《たたず》まいはまるで物語の中の王子様のようだ。

実際、彼はこの神聖メイナース王国の王太子だ。

数年前までは気弱でファミリア大神殿の言われるがまま従っていたとされる王太子だったが、今はその頃とは顔つきも彼の置かれている状況《じょうきょう》もだいぶ異なっている。

王太子はファミリア大神殿ありきだった国政の改革を訴《うった》え、彼らの影響力《えいきょうりょく》の排除《はいじょ》に取りかかった。そのため教皇側から反発を食らい、ついに大神官の手の者によって暗殺されそうになってしまったのだ。

「今のところ問題なくうまくいっているようだな」

王太子は窓から振り返り、二人の従者たちに声をかける。従者は若く、いずれもこの国の高位貴族の子弟《してい》だった。

「はい。元教皇はその地位から去り、新しい教皇になったのは穏健派《おんけんは》の枢機卿《すうききょう》で王家との融和《ゆうわ》を掲《かか》げている人物です。王太子殿下《でんか》の改革を邪魔《じゃま》することはないでしょう」

答えた従者の一人に、もう片方が声をかける。

「殿下はそのことを言っているんじゃない。ラムダよ」

「ああ、そちらの方のことでしたか。それでしたらご安心を。ルベイラ王の犬どもはまだ気づいておりません」

「それは上々だ。だが油断はしないように。犬だけあって奴らの嗅覚《きゅうかく》は鋭《するど》いからね」

王太子が柔らかな口調で言うと、従者たちは了承《りょうしょう》とばかりに頭を下げた。

「ときに、その身体《からだ》の調子はいかがでしょうか、殿下」

従者の一人が王太子に尋《たず》ねる。すると王太子は微笑《ほほえ》んだ。

「いいね。前の身体のようにポンコツではない。魔力《まりょく》も十分だ。それに何より神聖メイナース王国の王太子だというのがいい。ターレス国での計画を中断することになったが、それを差し引いても余りある収穫《しゅうかく》だ」

「気に入ってもらえて何よりです、シグマ」

「お前もなかなか従者役が板についているじゃないか、デルタよ」

デルタと呼ばれた従者はにやりと笑う。

「この身体になる前も従者の真似事《まねごと》をしておりましたからね。残念ながらあの身体は放棄《ほうき》することになりましたが……」

「ルベイラの王と犬どものおかげでね。だがデルタ、お前たちのその犠牲《ぎせい》があって『還《かん》元《げん》』と『神々の愛し子《いとご》』を見つけることができた。今度は失敗しない」

「はい、計画通り準備は進んでおります」

「ターレスのあれらはもともと廃棄《はいき》処分にするつもりだったからね。奴らの目をごまかすよ。のにゴミを利用することにしたんだ。一石二鳥だろう？　なかなかに楽しい遊びだったよ。セイラン王子は私たちの考えている以上にルベイラの連中の注意を引いてくれた。おかげでまだ奴《やつ》らはこちらに気づいていない」

「はい。たとえ動いていたとしても、今は大神殿の方に目がいくでしょう」

そこでもう一人の従者が何かを思い出したように告げた。

「シグマ。ルベイラに行っていたイプシロンからつい先ほど連絡《れんらく》がありました。我らの依《よ》り代《しろ》になりそうな身体が一体手に入ったようです。イプシロンは二体手に入れようとしたのですが、どうも男の方は魔力があまりないらしく廃棄処分にしたとのこと。ですが女の方は魔力があり、精神操作系の魔法《まほう》に長《た》けているそうです。彼女の身体にちょうどいいのではないかと」

王太子は頷いた。

「それは上々だ。彼女のあの身体もそろそろ限界だからな。だがよくもった方だ。さすが『魔女の系譜《けいふ》』だけはある。さっそく新しい身体を処置して使えるようにしてくれ」

「はい、承知いたしました。シグマ」

従者の二人が頷くのを確認《かくにん》すると、王太子は再び窓を向いた。窓の外には月のない真っ暗な闇《やみ》が広がっている。

王太子——いや、シグマは嫣然《えんぜん》と笑った。

「デルタ、ラムダ。我らの悲願が達成される日も近いぞ」
ロイスリーネたちの知らないところで、巨大《きょだい》な影《かげ》が動きだそうとしていた。

終

あとがき

拙作《せっさく》を手にとっていただいてありがとうございます。

お飾《かざ》り王妃《おうひ》ももう三巻です。続刊が出せたのも手に取っていただいた皆様《みなさま》のおかげです。ありがとうございました。

さて、今回は聖女が登場します。単語だけは頻出《ひんしゅつ》しているわりにまったく登場しなかった（世界観にとっても）重要な存在であるギフト持ちたち。主役のロイスリーネが無自覚なので今まで出す機会がなかったのですが、ここにきてようやく少しその片鱗《へんりん》が出せたかと思います。

そして、ロイスリーネのギフトが稀少《きしょう》なだけでなく、この世界の基準で普通《ふつう》ではないことも出てきます。クロイツ派がロイスリーネを執拗《しつよう》に狙《ねら》う理由や、彼女のギフトが特殊《とくしゅ》である理由は今後話が進むにつれて出していく予定です。

さて、今回の主人公サイドの新キャラは聖女ミルファ。ギフト持ちで、聖女が神殿《しんでん》内においてどういう扱《あつか》いになっているのかを示してくれる重要なキャラです。外見はほわほわで天然っぽい感じがしますが、ギフト持ちとして苦労しているので根はとてもしっかりした少女です。そして空気もちゃんと読みます。ちなみに聖女だと判明する前にロイスリーネがミルファを即《そく》保護しようと判断したのは勘《かん》でも天啓《てんけい》でもなく、ミルファが小動物っぽくて気に入ったからでした。

今回の敵キャラはガイウス神殿長と聖女イレーナ。前作のセイラン王子やララのようにお花畑脳ではなく、ずるがしこい自信家の悪役タイプです。ただし、実際の能力はその自信に見合ったものではなかったので、作中のような目に遭《あ》うことになります（イレーナに関しては今度も挽回《ばんかい》の機会はあるかもしれないですが……）。二人はクロイツ派ではないので、敵役《かたきやく》としては小物の部類といった感じで書かせてもらいました。

悪役としては小物ですが、イレーナの方はロイスリーネをやきもきさせて、自分の気持ちに気づくための良《い》いきっかけとなってくれています。リリーナの言う通り、恋愛《れんあい》のスパイス係ですね（香辛料《こうしんりょう》が効きすぎてロイスリーネが悪知恵《わるぢえ》を働かせて敵を追《お》い詰《つ》めていくことになるわけですが）。

そしてそして！　恋愛小説なのに、三巻目にしてようやく主役カップルの気持ちが通じ合いました。カインの時はいい感じに異性として意識しているし、うさぎの時はイチャイチャしているのに、ジークハルトの時はまったく進展していなかった二人が、ここに来てようやくです。初のラブシーンもあります。うさぎではないですよ。人間の二人がです。

最初はカインとのラブシーンにしようかと思っていたのですが、やっぱりジークハルトの時にしてこそのラブシーンだと考えて作中のようになりました。まぁ、キスだけなので、お飾り王妃なのは今後も変わりませんが……。

最後の方に意味ありげに出てきた中年女性の二人（本編のネタバレになるので名前は伏せます）。彼女たちは今後ロイスリーネのギフトについての鍵《かぎ》を握《にぎ》る重要なキャラになる予定です。ストーリーの方も、敵が本格的に動き始めて、いよいよ佳境《かきょう》に入っていきます。あくまで予定ですが！

イラストのまち先生。可愛《かわい》いミルファをありがとうございます！　本人は大まじめですが対《たい》ジークハルトになると他者の目にはコメディになる感じがすごくよく出ていると思います。うさぎも相変わらず可愛いです！

最後に担当様。いつもありがとうございます。色々とご迷惑《めいわく》おかけしてすみません。何とか書き上げることができたのも担当様のおかげです。

それではいつかまたお目にかかれることを願って。

富樫《とがし》聖夜《せいや》

■ご意見、ご感想をお寄せください。
《ファンレターの宛先》
〒102-8177 東京都千代田区富士見 2-13-3
株式会社KADOKAWA ビーズログ文庫編集部
富樫聖夜 先生・まち 先生

●お問い合わせ
https://www.kadokawa.co.jp/（「お問い合わせ」へお進みください）
※内容によっては、お答えできない場合があります。
※サポートは日本国内のみとさせていただきます。
※Japanese text only

ビーズログ文庫

お飾《かざ》り王妃《おうひ》になったので、こっそり働《はたら》きに出《で》ることにしました
～うさぎ《旦那》と一緒《いっしょ》に偽聖女《にせせいじょ》を成敗《せいばい》します!?～

富樫聖夜《とがしせいや》

2021年6月15日 初版発行

発行者　青柳昌行
発行　株式会社 KADOKAWA
〒102-8177 東京都千代田区富士見 2-13-3
（ナビダイヤル）0570-002-301
デザイン　Catany design
印刷所　凸版印刷株式会社
製本所　凸版印刷株式会社

ISBN978-4-04-736666-4 C0193

定価はカバーに表示してあります。
◇◇◇

ビーズログ文庫
聖剣が人間に転生してみたら、勇者に偏愛されて困っています。
元聖剣が人間の女の子に転生──！までは よかったんですが……!?
①～③巻好評発売中!
富樫聖夜《とがしせいや》
イラスト／カスカベアキラ
元聖剣が人間の女の子に転生──！ したまではよかったんですが、元の私を勇者様が溺愛しすぎて気持ち悪……とにかく愛が重すぎるんです!?

コミカライズ大好評連載中!!
昼は給仕係！夜はうさぎを溺愛？
どうせ〝お飾り〟の王妃なら
好きに生きたいと思います♪
お飾り王妃になったので、こっそり働きに出ることにしました
～うさぎ《ペット》がいるので独り寝も寂しくありません！～
フロースコミックにて
無料配信中
漫画◆封宝　原作◆富樫聖夜　キャラクター原案◆まち